Arturo Garmendia

El niño y La Bestia

Cuentos

El niño y La Bestia

© Arturo Garmendia Gómez

ISBN: 9786079704261
Publicación impresión bajo demanda

Primera edición: 2019

Diseñado en México

Agradecemos el apoyo de:

Abelardo Bailon Valdes
Cuidado editorial y corrección de estilo

José Bernechea Iturriaga
bernechea@gmail.com / creatica editorial
Diseño editorial

Betsy Nayelli Romero Aguilar
betsy.romero@gmail.com
Diseño de portada

CREÁTICA

editorial

Ediciones
Rehilete

Presentación

Decir México, hoy, es decir muerte; es decir violencia, corrupción, misoginia, feminicidio, pedofilia, secuestro… Es su hora más negra: medianoche en el país. Quien quiera que trate de capturar esa realidad tiene ante sí temas que no puede eludir.

Pero eso no quiere decir que la literatura deba ajustarse a los estrechos marcos de la nota roja. La naturaleza humana nunca ha sido unidimensional y así como es capaz de las peores bajezas también puede mostrar rasgos de heroísmo o bondad.

Es cierto que el tejido social está roto, pero esas desgarraduras generan comportamientos fluctuantes entre los polos extremos de la moralidad.

Esa precariedad de sentimientos y comportamientos es el claroscuro que aquí se pretende capturar.

Parte de guerra

Frente a ellas no había nada sino la noche. Los faros de la camioneta iluminaban el vacío. La cinta asfáltica se prolongaba al infinito y en sus bordes la planicie desértica parecía no tener fin. Mónica se inclinó hacia su madre y le preguntó:

–¿Te sientes bien? ¿No te has cansado?

–Bien, sí…–respondió la anciana, con un dejo de angustia en la voz.

La hija verificó que el tanque de oxígeno que utilizaba funcionara correctamente y volvió a fijar su vista en la carretera.

Eran dos mujeres emprendedoras. Al morir el jefe de la familia, habían invertido la exigua herencia en una pequeña fonda, y gracias a las recetas maternas y su pericia culinaria habían conseguido fama y clientela. Año con año sus ganancias les permitían ampliar el negocio. Mónica casó y su marido, de profesión contador, ayudó a mejorar su administración, pues últimamente sólo les daba problemas. Su felicidad hubiera sido completa de no haber sobrevenido el infarto de su madre, mismo que había sido atendido con pericia por el doctor Morales, reconocido cardiólogo de Monterrey.

Después, vivieron en sobresalto continuo. Se habían presentado en el local una banda patibularia que planteó cínicamente su demanda: quince mil pesos mensuales a cambio de "protección".

Ellos habían oído ya de ese tipo de chantajes y se avinieron al injusto trato, pero las amenazas continuaron y la cuota siguió creciendo hasta que la situación se hizo insostenible.

Una noche abandonaron el local, la ciudad y la vida que habían llevado hasta ese momento y se dirigieron allende la frontera. Empezaron a partir de cero en la misma actividad y la suerte les sonrió nuevamente; ahora regenteaban un exitoso restaurant-bar. Nunca hubieran regresado a México, de no ser porque el doctor Morales se había ganado la confianza de la madre y ella no aceptaba a ningún médico gringo. Por esa causa debían hacer periódicamente retornos a la ciudad regiomontana.

Este era uno de esos viajes, pero había sido ejecutado con cierta premura, pues la madre de Mónica se había sentido indispuesta y no había consentido demorar más la búsqueda de una consulta. Eso y un congestionamiento inesperado en la garita dieron por resultado que circularan ya entrada la noche en tan desolado paraje.

El vehículo respondía favorablemente. Recién adquirido, era algo ostentoso para el gusto de Mónica, pero su marido se había dado ese capricho.

Su madre se había adormecido y ahora sólo se escuchaba en la cabina el ronroneo del motor. Por el espejo retrovisor distinguió a lo lejos los faros de un auto. Venía a gran velocidad, pues la distancia entre ambos se acortaba rápidamente. Se orilló a la derecha para dejarlo pasar, pero a poco de rebasarla, con un movimiento brusco se colocó al centro de la carretera, cerrándole el paso. Tuvo que frenar bruscamente para no impactarse contra él.

Aterrada, vio cómo tres hombres armados con "cuernos de chivo" descendían del coche y le hacían seña de que bajara también. Comprendió que era inútil hacer resistencia y así lo hizo.

—¿A dónde con tanta prisa, señito? —dijo un pelado alto y musculoso, que lucía una arracada de oro en la oreja.

–Por favor –suplicó Mónica–, tenemos prisa: mi madre está enferma y necesita un médico. ¡Déjenos ir..!

No parecieron haberla escuchado. Examinaban con admiración la camioneta:

–¡'Ta suave la troca! –exclamó otro sujeto de aspecto torvo, el brazo cubierto de tatuajes.

–¡Yo la manejo! –agregó el tercero, con una risita canalla, al tiempo que se ponía al volante.

Ante la impotencia de Mónica, que protestaba y pedía consideración para con su madre, la hicieron a un lado de un empellón y bajaron a la anciana de su asiento, dejándola sentada en su silla de ruedas a la orilla de la autopista.

–¡Y antes digan que no nos las baleamos! –dijeron a modo de despedida al arrancar ambos vehículos y alejarse del sitio a toda velocidad.

Mónica arropó a su madre con un chal, sin saber si la impasibilidad que mostraba se debía a su enfermedad o al terror del que habían sido víctimas. El celular no tenía señal. Pensó en su marido, pero se dijo que no era momento de repasar sus cuitas. Debía mantener la serenidad. En torno suyo soplaba el viento y se oía el canto de algunos insectos nocturnos. Transcurrió una hora, quizás dos. Un par de automóviles pasaron rápidamente, y aunque sus conductores las vieron no frenaron la marcha, tal vez temiendo una emboscada.

Finalmente, del fondo de la oscuridad surgió una luz. Esta vez eran dos automotores: una camioneta blindada y una pick up, en cuya batea viajaban cuatro hombres armados. Con zozobra, Mónica vio descender del primer vehículo a un hombre alto, fornido, de barba cerrada y mirada penetrante, escoltado por un lugarteniente.

–Señoras –dijo con gravedad– ¿qué hacen aquí, a media carretera?

Mónica, angustiada, le explicó la situación. El hombre no tenía una actitud agresiva, y se interesó en la salud de la anciana:

–¿Cómo estamos, madrecita?–. Después, pidió la descripción de los asaltantes.

Luego de oír a Mónica, el guardaespaldas dijo:

–Es la banda de los Chorreados. Ya se les advirtió que no entren a nuestro territorio. Pero yo sé dónde encontrarlos.

A una seña del Jefe abordaron los vehículos y reanudaron la marcha, dejándolas abandonadas nuevamente. Dos mujeres solas, en medio de un desierto cortado en dos por la cinta asfáltica…

La noche parecía eterna, pero el desgaste emocional y el cansancio físico las vencieron. Despertaron de un sueño duro e incómodo antes del alba. A la mortecina luz de la madrugada oyeron regresar a los narcos. Esta vez traían consigo la camioneta que les había sido robada. El Jefe se aproximó a ellas y sus escoltas lo rodearon.

–¿Es ésta su camioneta? –inquirió, y al asentir Mónica prosiguió, dirigiéndose a su segundo– ¡Enséñales!

El esbirro traía un costal. Arrojó su contenido al suelo y tres cabezas humanas rodaron a los pies de las mujeres. Una de ellas todavía lucía una arracada de oro.

–¿Son ellos? –preguntó.

Con un hilo de voz, Mónica lo afirmó.

Antes de iniciar la retirada, el Jefe señaló la camioneta y les invitó:

–Ya pueden irse, señoras y ¡cuídese mucho, madrecita! –añadiendo:– ¡Justicia rápida y efectiva, sólo la nuestra!

Mónica se dirigió al retén del ejército o la estación de policía más cercana. Las cosas le habían salido mejor de lo que esperaba. Tenía prisa por contarles su versión de los hechos, en la que incluiría un historia más, pues el cuerpo inerte de su esposo viajaba con ellas en el hueco de la llanta de refacción, bajo un montón de maletas. El muy cabrón la tenía harta, con su adicción a la cocaína, sus frecuentes hurtos a la caja del restaurante y sus devaneos con las meseras. Había tenido que pegarle un tiro en la frente.

La enfermedad de su madre había sido el salvoconducto ideal para que la revisión aduanal fuera descuidada y somera. Que su marido había muerto en el asalto de los narcos podían atestiguarlo las huellas dactilares sembradas en todo el vehículo y el costal con las tres cabezas que llevaba en el asiento trasero.

Ánimas del purgatorio

h ánima, la más sola y desamparada del purgatorio, te acompaño en tu dolor
y te compadezco al verte sufrir!...

El rezo brota de los labios de la mujer, sola en la iglesia del pueblo, hincada ante una litografía que representa a una joven desnuda, con los brazos encadenados en alto, sumergida en el fuego redentor del purgatorio...

—¡Ánima mía, ánima de la esperanza!
deseo aliviarte de tu aflicción...

...prosigue, y se adivina que su tormento no es menor que el de su muda interlocutora. Toda una vida de carencias y humillaciones pesa en su memoria. Ningún consuelo, salvo el de la fiesta de su hija: ¡Con cuánto amor preparó el vestido blanco, la guirnalda de flores, el velo de tul que cubriría su inocencia! Una inocencia que ya nadie podrá arrebatarle... ¡Ah, pero que caro pagaría esa única alegría!

La niña había crecido en el pueblo al cuidado de su abuela, lejos de su madre, que había tenido que emigrar a la capital a trabajar de sirvienta. Pocas fueron las ocasiones que había ido a verla y en cada oportunidad la pequeña le pedía una fiesta para jugar con sus amiguitas.

Hasta entonces no fue posible. Hubo de trabajar mucho y escatimar gastos para reunir la suma necesaria para el convite. Al recordar sus escasos momentos de felicidad posa su cabeza sobre el reclinatorio y gruesas lágrimas corren por sus mejillas. Con voz entrecortada por los sollozos prosigue su plegaria:

…—ofrendándote todas las amarguras que he pasado
y he de pasar en esta vida, para pagar tus culpas
y devolverte la gracia de Dios…

No era fácil trabajar para una patrona tan mandona y caprichosa como la suya: levantarse al alba, ocuparse del aseo de la casa, de la alimentación de la familia y sobre todo del cuidado de dos niños tan insufribles como la madre. Por su culpa padecía regaños y humillaciones sin fin, como cuando les pidió que la ayudaran a encender el bóiler.

Mientras ella miraba fascinada los cambiantes matices del fuego los niños encendieron sendas ramitas secas y jugaban con ellas. En un descuido el niño quemó accidentalmente a su hermana, y cuando la madre acudió presurosa, el menor la culpó a ella. La ira materna se descargó sobre sus espaldas. Llovieron empellones e improperios, pero lo peor fue el castigo impuesto: no podría ir al pueblo el siguiente fin de semana, cuando finalmente había reunido lo necesario para la fiesta. Por ello musita convencida:

—Así, cuando estés ante su trono celestial
y participes de la comunión de los santos
intercederás por mí y por los míos…

No hubo más remedio que posponer la fiesta y la vida continuó con sus sinsabores cotidianos. Imaginaba el llanto de su niña y se desesperaba por no poder consolarla. En cambio, los niños de la casa jugueteaban impunes, hostigándola y despreciándola, siguiendo el ejemplo de su madre.

Para mitigar la espera tuvo la oportunidad de ir al centro de la ciudad, a comprar el ajuar que luciría su hija en la fecha anhelada. Por las noches lo extendía en el jergón en que dormía y se pasaba horas contemplando el vestidito de organza, las zapatillas de charol, las tobilleras blancas…

Pero a los pocos días hubo un nuevo enfrentamiento. Estaba en la cocina preparando un puchero y contemplando extática cómo, al hervir, el caldo escurría por el caldero e iba a dar al fuego provocando chisporroteos, cuando irrumpieron los niños, persiguiendo una pelota.

No les hizo caso y siguió absorta en su extravío hasta que la pelota fue a estrellarse contra la olla, derribándola. No hubo mayores consecuencias, pero el enfado de la patrona se hizo de nuevo patente.

–…para que alcancemos la misericordia divina,
la buena ventura de los justos
y el descanso eterno…

…recita con fervor y recuerda su regreso al pueblo para celebrar la fiesta de su hija. Revive las risas y los juegos de los niños que, ataviados con humildes galas, no cesaban de hacer bulla. A las rondas infantiles siguieron el reparto de golosinas, la colación para los mayores, el juego de "las escondidas" y la algarabía desatada por los infantes persiguiéndose unos a otros por el patio, mientras sus madres les advertían temerosas:

–¡Cuidado con el pozo, no se acerquen tanto!

Su niña presidía el convite, inmaculada en su níveo vestido, zapatillas blancas y corona de flores, tranquila dentro de su pequeño ataúd. Un brocal derruido, un paso en falso y una muerte por agua le habían privado de su más ferviente deseo, cumplido póstumamente gracias a la "fiesta de los angelitos" que se acostumbraba en aquellos pueblos, para despedir a quienes, por su pueril inocencia, se convertirían en tales en el Paraíso.

–¡Ánima de paz y guerra!,
triste y abandonada en ese mar de fuego
tu tormento es el mío…

Fija su vista en la vacilante flama de las veladoras que iluminan la imagen del Ánima Sola. Escucha voces fuera del templo donde se ha encerrado y sabe que vienen por ella. Anda huida después de que, al enterarse del accidente de su hija, no pudo soportar más a los de su patrona. "¿Por qué ellos tienen todo y mi pequeña nada?"

Esperó a que en la casa se hiciera el silencio y subió al dormitorio infantil. Derramó el combustible sobre los muebles y cerró firmemente la puerta antes de encender la antorcha liberadora de su arrebatado frenesí.

Le conminan a abrir, pero ya no los escucha. Está haciendo acopio de cirios bajo una pira de bancas y reclinatorios destinada a hacerle transitar hacia el fuego eterno. No recuerda cómo termina la oración, sólo salmodia en voz baja:

… – triste y abandonada en este mar de llamas
tu tormento es el mío…

Grito silencioso

La pelota roja abandonó la vereda del parque y se internó en el prado. Allá la siguió Martincito y, empujándola con el pie, intentó enviarla de regreso a donde se encontraban sus padres. No tuvo éxito: a sus cuatro años, no tenía aún la pericia necesaria para obligarla a tomar el rumbo deseado. Así que corrió tras ella y pateándola finalmente logró volverla al sendero, si bien en un sitio diferente a aquél donde inició su juego. Satisfecho de su logro fue por ella, pues se había detenido al pie de una banca. Al ir a recogerla, una voz lo detuvo:

—¡Qué bonita pelota! ¿Me la prestas?

Alzó la vista para ver quién le hablaba y se sorprendió al advertir que no era un niño, como lo pensó en un principio, sino un muñeco que tenía aproximadamente su talla. Un muñeco que hablaba. Estaba sentado sobre el regazo de un hombre, que parecía mirar a otro lado. Un hombre alto, de barba y largos cabellos, que se cubría con un gabán oscuro.

—¿Quieres jugar conmigo? —le preguntó el muñeco, fijando en él sus ojos muy abiertos. —Yo aviento la pelota y tú vas a buscarla— propuso.

En realidad fue el hombre quien la lanzó, pero igual Martín fue a recogerla y regresó con ella. Se repitió la acción, y entonces el muñeco le dijo:

–Me llamo Herminio y quiero ser tu amigo.

Sólo su boca tenía movimiento.

–En casa tengo muchos juguetes. Te prestaría mi camión de bomberos. ¿Vienes conmigo?

El hombre se levantó, le devolvió su pelota y le tendió la mano.

Los padres de Martín se habían detenido a ver a un hombre que tenía pajaritos amaestrados. Por unas monedas, el hombre hacía salir de su jaula a un canario, al que le pedía que hiciera sonar una diminuta campana, que colocara a un minúsculo bebé en su bañera y que seleccionara un papelillo de colores, donde estaría impresa una sentencia agorera. Mientras el hombre recompensaba al ave con unos granos de alpiste, sus clientes leyeron su suerte:

"Cuida lo que más quieres –se leía en el papel– o lo perderás".

–¿Dónde está Martín? –se angustió su madre.

–Tranquila –dijo su esposo.– Me parece que fue por la pelota hacia allá.

Lo vocearon, cada vez más desesperados. Preguntaron a los transeúntes, con un nudo en la garganta. Finalmente acudieron a la autoridad.

Al atardecer, la policía los visitó en su casa donde, acompañados de familiares, esperaban angustiados.

–Lo siento mucho –les dijo el agente– no lo hemos encontrado. Sin embargo, junto al lago hallamos este muñeco abandonado, que como ven lleva las ropas que ustedes han descrito como las de Martín. ¿Podrían identificarlas?

A la vista del siniestro muñeco así ataviado, la madre gritó:

–¡Martín, Martín! –y se desmayó.

Herminio se apresta a cumplir las órdenes de su padre. Baja el muñeco de lo alto del ropero donde lo guarda, lo coloca sobre sus piernas, mete la mano por la apertura que tiene en la espalda, para accionar el movimiento de la boca de madera y empieza a ensayar la proyección de su voz ventrílocua, inventando para el caso un diálogo:

–¿Qué onda, pinche Martín? –le pregunta al muñeco– ¿No te aburres de estar ahí trepado todo el día?

–Mejor trepado aquí y no estudiando en la secundaria –se responde a sí mismo, procurando no mover los labios y fingiendo una tesitura más aguda que la suya.– ¡De todos modos, ni así se te quita lo güey!

–¡No jodas! [Pausa] ¿Y dónde anda mi mamá?

–Fue al mandado, ¿a dónde quieres que ande? –arguye el muñeco.

–Con eso de que el viejo luego no la deja salir –replica Herminio.

–No la deja para que no le vean los moretones –sentencia el muñeco Martín.

–…para que no le vean los moretones –repite Herminio. No está satisfecho con su pronunciación. Lo intenta otra vez:

–…para que no le vean los moretones.

La frase resuena hueca en el cuarto y Herminio toma conciencia de lo que dice. Al recordar el maltrato paterno, avienta con furia al muñeco sobre la cama. Quisiera deshacerse de él: quemarlo o romperlo. Pero no se atreve. Sabe que su padre se enfadaría y el castigo sería más duro de lo habitual.

Recuerda el terror que le daba de niño, a la hora de dormir, pues por la noche ponían al muñeco en su cuarto y él sentía que miraba fijamente hacia al techo, como si fuera un cadáver.

Ahora, su papá se había empeñado en entrenarlo para que Herminio adquiriera el oficio. Él no quiere, pero ¿cómo evitarlo? No puede hacer otra cosa que seguir estudiando para quizá, algún día, encontrar otro trabajo…

Cuando llegue su padre examinará sus avances: se alarma. Trata de concentrarse en su tarea: «La mayoría de las letras no dan problema –recuerda– se pronuncian casi sin mover los labios. Pero hay algunas que sí se notan mucho, y esas habrá que practicarlas».

Herminio va al espejo y repite una frase cualquiera hasta quedar satisfecho. Luego se acerca el muñeco y trata de sincronizar el ritmo de la frase con los movimientos labiales de su inanimado muñeco…

Alguien cierra la puerta de la entrada y lo llama:

–¡Herminio! Ya vine. ¿Dónde andas?

–¡Aquí, estudiando! –responde colocando de nuevo a Martín, el muñeco, sobre el ropero.

–Por favor ayúdame a poner la mesa, mientras preparo la comida. Tu padre no tarda.

Herminio va hacia la alacena para tomar la modesta vajilla que distribuye en la mesa del comedor. Al mismo tiempo comenta:

–Fíjate que ya abrieron las inscripciones para la preparatoria y necesito mi acta de nacimiento…

–Sí, luego la busco, pero ahora apúrate…

Se afanan en su respectivas tareas, pero en su apresuramiento en un momento dado chocan. La madre lanza un ¡Ay! Herminio se angustia:

–¿Qué pasa? –pregunta, pero ya sabe la respuesta.

Hace que su madre se siente y le descubre el brazo.

–No te muevas: déjame ver.

Desde la muñeca hasta el hombro el brazo está cubierto de moretones y magulladuras. La madre mantiene la mirada baja mientras Herminio dice:

–Voy por el árnica.

Cuando regresa, está indignado.

–¡Es una bestia! ¡Mira cómo te ha puesto! –Le aplica con cuidado el ungüento– ¡Mamá, no podemos seguir así! ¡Vámonos!

–Irnos… ¿pero a dónde?

–¡Qué sé yo! –se desespera Herminio.– A tu pueblo; seguro tus hermanos nos ayudan…

–Pero allá no hay escuela –replica ella con tristeza.– Y tú tienes que seguir estudiando…

Quedan en silencio. Después de un momento reanudan sus tareas, sumidos en sus pensamientos.

A las tres en punto el padre hace su aparición. Coloca a su muñeco en una silla del comedor y se despoja del gabán negro, la melena y la barba postizas que usa en sus presentaciones, antes de ir a reunirse con su familia en la mesa. Nadie habla mientras se sirve la sopa.

–¿Practicaste? –le dice a Herminio, pero la voz parece salir del muñeco.

Madre e hijo encaran al muñeco, que los mira impasible, con sus ojos muy abiertos.

–Sí –responde Herminio–, un rato después de hacer la tarea.

–No te distraigas en pendejadas –replica el padre, esta vez con su voz natural.– A mí me heredaron los muñecos y con eso ha sido suficiente para salir adelante. Tú aplícate con ellos y nada nos faltará…

–Pero a Herminio le gusta la escuela… –interviene apocada la madre– y no le hace ningún mal…

–¡A callar!–ordena enérgico el hombre.– Ya sabes que no me gusta que me contradigas…

–¡No le hables así! –se atreve a intervenir Herminio.– Ella sólo…

De un manotazo, el hombre vuelca el plato de sopa sobre la mesa. Grita:

–¡Qué se callen, les digo! –una vena le salta sobre la frente enrojecida.– No me hagan enojar si no quieren que…

–¡Sí! ¡Tú todo lo arreglas a golpes! –lo desafía Herminio.– ¡Eres un bruto!

El hombre se levanta, iracundo, y toma a Herminio por la ropa, atrayéndolo hacia sí. La madre se incorpora y viene en su defensa. Recibe un bofetón que la derriba al suelo. El joven se libera del puño que lo aferra y se inclina a auxiliar a su madre.

La escena se congela y la tensión entre ellos se acumula. Después de unos momentos, el hombre va hacia la recámara y cierra la puerta de un portazo. La mujer se incorpora y le dice a su hijo:

–Estoy bien, estoy bien. Luego le recomienda: –Anda, ve a la escuela, ya verás cómo yo lo convenzo.

Martín, el muñeco, los contempla imperturbable.

Esa noche, al regresar a casa, Herminio encuentra el lugar completamente destrozado: vidrios rotos, sillas tiradas… En la penumbra reinante, descubre a su padre sentado ante el ventanal, completamente borracho. No se da cuenta de su llegada. Con el alma en un hilo, Herminio se precipita hacia el dormitorio. Su madre está tendida en la cama, sangrando y quejándose levemente.

–¡Espera, espera!– le dice –ya voy por ayuda…

Pero ella lo retiene a su lado y le señala un cuadro con el Sagrado Corazón, que pende del muro. Herminio va por él y lo acerca, pensando que quiere consuelo religioso, pero su madre le señala la parte posterior. Ahí hay un fólder sujeto con cinta adhesiva.

Unos momentos después, la mujer ha fallecido. Herminio llora y la ira contra su padre invade su alma. Se incorpora para ir a reclamarle, pero recapacita: esta borracho, no lo escuchará.

En cambio, el fólder llama su atención. Lo abre y encuentra una serie de papeles. El de encima es su acta de nacimiento (que le confirma el deseo de su madre de que siga estudiando), pero el que sigue, para su sorpresa, es un acta de defunción, que lleva su nombre, Herminio. Un niño fallecido a los cuatro años de edad, por múltiples golpes en el cráneo.

Viene a continuación un acta del Ministerio Público, con la declaración de la madre del pequeño Herminio, quien se culpa por haber descuidado la vigilancia de su pequeño y de no haber prevenido su caída por una escalera.

Y en el fondo del expediente, algunos recortes de prensa que dan cuenta de la extraña desaparición de Martín, un niño de cuatro años, robado a sus padres un domingo, en el Parque Centenario.

"Entonces –se dice– ellos no eran mis padres. Me cambiaron por su hijo muerto. Ella sí me quiso, y trató de cuidarme. En cambio él…"

La revelación lo deja atónito. Un ruido a sus espaldas lo saca de su asombro. En el vano de la puerta se recorta la figura del ventrílocuo.

–Eugenia ¿estás bien? –Inquiere con voz pastosa.

Impulsado por un ánimo vengativo, Herminio coloca en labios de su madre muerta una maldición:

–¡Estoy muerta, maldito! Ahora estarás satisfecho.

Su tono de voz es tan semejante al de la mujer, que el hombre se engaña. Se acerca al lecho y balbucea:

–No digas eso… te pondrás bien…

La toca y constata su rigidez. No obstante sus oídos registran otro grito:

–¡Asesino! ¡Asesino!

Se incorpora y trastabillando deja la habitación. El joven lo sigue y ve cómo se derrumba frente a la mesa del comedor, dónde sigue sentado el muñeco. Desde el suelo, el hombre lo ve y le parece advertir que se mueven sus labios para acusarlo:

–También a mí me mataste. A mí ¡a tu hijo! Luego hiciste que mi madre se culpara, pero tú sabes bien lo que hiciste. ¡Maldito, mil veces maldito!

Con paso inseguro el hombre va hacia la salida. En su mente aún resuenan las voces con palabras tanto tiempo silenciadas. Tropieza. El barandal no resiste su peso y se desploma varios pisos abajo.

El joven desciende lentamente. Desde arriba, las vecinas le gritan:

–¡Herminio! ¿Qué pasó, Herminio?

–¡No soy Herminio! –les contesta.– Yo soy Martín. ¡YO SOY MARTIN!

Y el eco de su voz adolorida asciende por el cubo de la escalera.

El niño y La Bestia

Tendría no más de doce años cuando lo conocí. Nos disponíamos a cruzar el río Suchiate para atravesar clandestinamente México y llegar a los Estados Unidos. A nuestro alrededor la gente se aprestaba para embarcarse en las tarimas de madera puestas a flote mediante neumáticos usados, previo pago de un dólar por viaje. El niño se llamaba Benito y me simpatizó por su desenvoltura y agilidad.

–¿Le ayudo con la maleta, mister? –me preguntó sonriendo con sus ojos vivarachos; y sin esperar respuesta la tomó y se metió al agua, colocándola sobre su cabeza para subirla a la embarcación. Yo lo seguí y pagué su pasaje.

–¡Uta, pesa un chingo! –me reclamó– ¿Pues qué tanto carga?

–Son mis cámaras –respondí, disponiéndome a sacar una de ellas para captar detalles de la travesía de los migrantes.

Lo dramático de la situación hizo que el Jefe de Redacción de mi editorial me confiara un reportaje gráfico, que se publicaría en edición especial. Debía hacer el viaje con los migrantes y registrar sus peripecias, incluido un posible enfrentamiento con el crimen organizado. Después de haber trabajado como corresponsal de guerra en Afganistán y en Colombia, el asunto no me impresionaba mayormente.

En el trayecto Benito me contó su no tan extensa historia. De familia campesina había nacido en Puerta del Cielo, un caserío en lo alto de las montañas de Guatemala. El menor de siete hermanos había conocido el éxodo de cuatro de ellos, dos de los cuales habían conseguido llegar a California y desde allá mandaban algún dinero para mantener a su madre y a sus hermanas. De los otros dos, no habían vuelto a tener noticias. Ahora le tocaba probar suerte. Esta era la tercera vez que intentaba llegar al país del norte; las dos veces anteriores lo habían descubierto y deportado.

Un chico despierto como él me podía ser útil en el trayecto. Y yo haría lo posible por ayudarlo.

Después de dos días de camino en un autobús destartalado llegamos a Arriaga, en la costa de Chiapas. Nos dirigimos a la estación de trenes, desde donde inicia su recorrido La Bestia. Así llaman en México a los trenes que se dirigen al norte. Es el medio de transporte elegido por aquellos migrantes tan pobres que no pueden pagarse el viaje de otra manera. No son trenes de pasajeros, sino de carga, pero sus operarios cobran cien pesos por dejarlos subir al techo de los vagones.

El jefe de la estación no entiende por qué quiero viajar así, pero finalmente se encoge de hombros y por un pago extra me ofrece un sitio preferente en un vagón atestado, pero que resulta más cómodo que el reducido espacio en el techo, expuesto al calor, al viento y otros riesgos. Muchos se han caído al quedarse dormidos. Aun así, en cada viaje se acomodan más de mil "pasajeros". Los garroteros cuidan de que no se suban al tren aquellos que no han pagado. Junto con Benito me acomodo en el centro del vagón que nos han asignado.

Tras horas de espera suenan dos silbidos prolongados y el tren se pone en marcha. Sale con gran velocidad de la estación para evitar que quienes no pueden pagar se trepen inadvertidamente. Aun así, varios lo intentan: corren a la par del tren, saltan y se agarran de cualquier saliente, procurando conservar el equilibrio. Saco mi cámara y tomo las primeras fotografías de los garroteros tratando de bajarlos a patadas. Algunos caen; pocos consiguen su propósito y se ocultan entre los racimos humanos que transporta el tren.

Dentro del vagón hace un calor insoportable. Nos balanceamos de un lado a otro e iniciamos las presentaciones. Con nosotros viajan tres salvadoreños, mochila al hombro y con gorra de béisbol. Un guatemalteco taciturno y bravero, que se arrincona y no habla con nadie. Una mujer mayor y su hija, madre de una chiquilla de cinco años. Una familia de piel cobriza que habla en un dialecto extraño… A pesar de que todos quieren ser amables, nos miramos con recelo.

La conversación recae en La Bestia. Corren historias sobre sus travesías fatales, donde migrantes han sido robados, secuestrados, violados o asesinados. Sospechan que maquinistas y encargados de los cambios de vías son cómplices de los maras y los narcos que acosan a los migrantes. Quizá entre los pasajeros viajan halcones, informantes infiltrados por los delincuentes. Dicen que son ellos los que ordenan a los maquinistas bajar la velocidad del tren en determinados parajes para abordarlo y asaltarlo. Pero el miedo no impide que la gente siga subiéndose al tren. Esas calamidades son el tributo que se cobra La Bestia para que algunos alcancen el sueño americano.

Hemos llegado a Comalapa y el siguiente tren no saldrá sino hasta dentro de dos días. Como los demás, nos hemos acogido a la hospitalidad del Refugio de Belén, un albergue patrocinado por organizaciones defensoras de derechos humanos que dirige el padre Amado. Hay dos galerones donde se alinean dos filas de literas, una para los hombres y la otra para las mujeres y sus hijos. Dos cuartos de baño y una estancia, a la vez comedor y sala de estar. Los viajeros pueden pasar ahí dos o tres días, gratuitamente, y se les ofrecen dos magras comidas al día. En ocasiones, el espacio es insuficiente para albergar a tantos peregrinos.

Miro a mi alrededor y observo a los huéspedes que en esta mañana de sábado se congregan en torno a un desvencijado televisor, para ver un partido de futbol. Casi todos llevan una pequeña mochila o atado de ropa, de los que no se desprenden por si tienen que salir huyendo de la migra. Las incidencias del partido no los entusiasman. Están serios, o más bien tristes. Quizá afectados por lo que los psicólogos llaman el síndrome de Ulises, un estrés crónico que suele afectar a los migrantes.

Seguido por Benito, que carga mis cámaras, me acerco a algunos de ellos para fotografiarlos. Me miran con extrañeza, pero no protestan. Asumen que si el padrecito me deja estar ahí, no deben desconfiar.

—Hola —les digo señalando al televisor— ¿quién va ganando?

Benito les explica que soy un periodista gringo y que sus fotos saldrán en un periódico norteamericano, donde quizá sus parientes podrán verlos. Les pregunto qué de dónde vienen, a dónde se dirigen, qué piensan hacer allá. Además de su esperanza de una vida digna en los Estados Unidos, los migrantes desgranan un rosario de quejas: que si los aduaneros los desvalijaron; o los agentes fronterizos les robaron sus ahorros; o los polleros los dejaron tirados a mitad del camino… Los escucho primero con interés; luego todo es tan reiterativo que dejo de interrogarlos.

A media tarde reanudamos el viaje. Benito sube conmigo arriba de los vagones, sobre los que apenas se puede caminar por estar atestados de gente. Le he enseñado las cámaras que uso, así como cuál es el propósito de cada una; y empieza a identificar lentes, filtros y el flash electrónico.

Desde el tren en marcha el paisaje se aprecia mejor. Dejamos atrás el entorno selvático y atravesamos llanuras donde pace tranquilo el ganado. Hay quien empieza a cantar, nostálgico: "¡Qué lejos estoy del suelo donde he nacido…!", pero el estruendo de la locomotora y el traqueteo de las ruedas sobre los rieles ahoga su voz.

Benito respira a sus anchas y no muestra señas de preocupación. No extraña su casa ni a sus gentes, dice que se aburría en su pueblo. Tampoco parece ansioso por llegar a su destino: de sus hermanos ya casi no se acuerda. En ruta, todo le parece divertido.

–Soy bueno pa' correr –relata–, una vez me quisieron agarrar dos de la migra y corrí pa'l monte. ¡Me subí a una loma y desde ahí me los chingué a puras pedradas! –y suelta la carcajada. Luego se pone serio y pregunta:

–¿A poco no sería padre que en vez de tren tuviéramos un avión? ¡Una bestia con alas! ¿No, mister? –concluye entre risas.

– No me digas mister, me llamo Daniel… Dániel, con acento en la á.

Benito es igual que yo. Sin apego a ningún lugar, sin ataduras familiares. Abierto a explorar otros espacios, diferentes contextos. Dispuesto a disfrutar la vida por instantes, acaso tan breves como aquel en que se oprime el obturador.

La Bestia despierta con sus bufidos al pueblo de Ixtepec, en Oaxaca. El tren entra en la humilde estación, donde señoras con canastas venden comida a los viajeros. Pocos pueden comprarla, y en lugar de ello se dirigen al mercado en busca de opciones más baratas. Benito y yo desayunamos café y unos tacos de guisados antes de dirigirnos al albergue donde descansaremos esta noche. El padre Soler, de inconfundible pinta madrileña, nos da la bienvenida a su Casa de la Misericordia.

Por la tarde regresamos a la estación para verificar la corrida del jueves siguiente, y en el andén presenciamos un altercado. Dos garroteros jalonean a una muchacha, a la que descubrieron viajando como polizonte. Piensan denunciarla en migración, pero ella se defiende con uñas y dientes.

–¡Suéltenme, cabrones! –grita y lucha por liberarse.

De un empellón uno de los garroteros la tira al suelo. Quizás la escena no es novedosa, porque la gente observa sin intervenir. Me inclino a ayudarla y pregunto qué pasa, sabiendo que en estos países cualquier conflicto con la autoridad puede arreglarse con unos cuantos pesos. Al verse libre, ella se aleja corriendo. Yo reparto unos cuantos pesos.

¡Hey, Dániel –protesta Benito–, si vas a seguir repartiendo dinero nos vamos a quedar pobres.

Me agrada que diga "nos". Confirma que se ha establecido un lazo entre nosotros.

Decido llevar mi ropa sucia a los lavaderos comunes, en el fondo del patio. Ahí descubro a la muchacha del día anterior. Se ha quitado la blusa y termina de exprimirla. No parece inmutarse por exponerse en brasier, y es bastante atractiva. Cambiamos un saludo y me dispongo a asear mi ropa. Al ver la torpeza con que me desempeño se ofrece a hacerlo ella.

–Gracias por ayudarme –dice remojando mi camisa.

Le pregunto su nombre y a dónde se dirige.

Amapola viene de Tegucigalpa. Dejó su casa hace seis meses y ha logrado avanzar hasta aquí, pero piensa llegar a Nuevo México, donde su hermana trabaja de niñera. Traía quinientos pesos para el viaje, que le quitó la migra. Le dejaron veinte pesos y le dijeron: "Síguele pa'l norte". Buscó trabajo en Tapachula, pero a las mujeres migrantes sólo las reciben "donde venden tragos". Les daban cincuenta pesos diarios por alternar con los clientes e incitarlos a beber.

–Pero de cincuenta en cincuenta ¡cuándo vas a juntar para seguir avanzando! –se queja y añade mirándome a los ojos:– Viajar sin dinero es más fácil acostándose con los operadores del ferrocarril, pero tampoco quise hacerlo…

Tiende mi ropa a secar y se pone su blusa, todavía mojada.

–Con este solecito, en una hora ya estará seca –señala.– Y no la descuides ¡porque te la roban! –agrega a manera de despedida.

Como lo habíamos anticipado, el tren para Oaxaca no saldrá sino hasta el jueves, así es que no hay nada que hacer. El pueblo es pequeño y ya lo he fotografiado de cabo a rabo. No sé dónde se habrá metido Benito, pero ayer mencionó que hay un riachuelo cerca y se entretuvo pescando ahí, con chamacos de su edad. Decido ir a buscarlo y camino hacia la salida del pueblo.

Después de dejar atrás las últimas casas termina el camino y me encuentro en medio del cerro. La vegetación se hace más tupida y la maleza y los árboles dificultan la marcha. A lo lejos se oye el rumor del río. Al encontrarlo me refresco brazos y cara y sigo adelante hasta encontrar una poza. Para mi sorpresa ahí se encuentra Amapola: desnuda, húmeda, expectante…

Estamos en el albergue, con el padre Soler. Les muestro –a Amapola y a él– en mi cámara digital, las fotografías que he tomado durante el viaje. Mientras conversamos no dejo de pensar en Benito ¿dónde se habrá metido? Las imágenes que revisamos muestran con crudeza el viacrucis de los migrantes.

–Por aquí han pasado miles de migrantes –me dice el sacerdote–, la mayor parte de ellos extorsionados, mujeres violadas que no están siendo tratadas, y personas de las que no sabemos nada, simplemente desaparecieron. Y el gobierno mexicano les impone su cuota de sufrimiento, a través del Instituto Nacional de Migración, no solamente al inhibir el paso del migrante, sino para castigarlo. Hay un crimen autorizado por omisión y el gobierno es el culpable.

–¡Que Dios se apiade de ellos! –añade.– Son vulnerables, débiles y tienen miedo. Para las mafias y los narcos son una presa fácil. Son personas ilegales en un tren de carga, indefensos si los roban, secuestran o los esclavizan. ¿Quién los reclamaría si los matan y los tiran del tren en marcha? ¡Serían un cadáver más, en una fosa común de las muchas que hay en México!

Alguien viene con un recado para el padre Soler y en ese instante Benito se aparece en la puerta.

–¿Dónde andabas? –lo interrogo, pero él sólo contesta, con una sonrisa picaresca:

–¡No quería hacer mal tercio! –y voltea a ver a Amapola, quien le devuelve la sonrisa.

«¿Será que estos dos se pusieron de acuerdo para concertar nuestro encuentro?» Pero el padre Soler ya está de vuelta. Seguimos revisando el material, pero ahora es Benito quien manipula la cámara. Se ha vuelto todo un experto. Le he prestado un chaleco de fotógrafo, que tiene muchas bolsas para guardar los aditamentos de las cámaras y hace de él una curiosa figura, pues evidentemente le queda grande. Le comento al padre que se ha convertido en un buen ayudante.

Benito saca la cámara Polaroid que le confié y nos pide posar para una fotografía. Nos miramos en ella y Amapola se la queda.

Al concluir la velada, el padre Soler reflexiona:

–Son muchas las tristezas que vemos todos los días. Vivimos en un valle de lágrimas, pero yo acepto con alegría la misión que me fue conferida: servir de apoyo y consuelo a estos hijos del Señor, en la medida de mis pocas fuerzas. Pero tú, hijo, ¿cómo puedes, voluntariamente, vivir en este infierno? Tú ¿qué les puedes brindar a ellos?

–No había pensado en eso –respondo con sinceridad.– No lo sé, padre. Es mi trabajo. A todo se acostumbra uno. De alguna manera se pierde la sensibilidad...

Es tarde, pero no puedo conciliar el sueño. La luz de la luna llena se cuela por entre las rendijas del vagón donde nuevamente viajamos. El monótono ruido de las ruedas en las vías acompasa mis pensamientos. Pese a lo duro de la plataforma en que yacemos me siento satisfecho con Amapola y Benito a mi lado. He estado solo demasiado tiempo y con ellos me siento acompañado. A los treinta y seis años ya debería haber formado una familia. El padre Soler tiene razón: lo que le da sentido a nuestra vida no es preservarnos a nosotros mismos, sino darnos a los demás. Me hago el propósito de cambiar. Me aseguraré de que Benito llegue con sus hermanos y haré que estudie. Quizá con el tiempo llegue a ser un buen fotógrafo... En cuanto a Amapola... No sé, pero debe tener oportunidad de mejorar...

La Bestia ha disminuido la velocidad y con un rechinido de frenos se ha detenido. Un silbido largo y quejumbroso rubrica el hecho. Se oyen pasos afuera. Alguien abre la puerta corrediza y nos ordena bajar. La misma escena repetida en diez vagones provoca un desorden infernal. Aterrados bajamos y nos encontramos con que el tren se ha detenido en un paraje peculiar: en medio de un cerro cortado a tajo para dejar pasar la vía, cuyas laderas nos impiden escapar. A los costados del tren hay apostados hombres con metralletas cada veinte pasos.

Amapola, asustada, se refugia en mis brazos; pero he perdido de vista a Benito. Es joven y ágil, espero que haya podido escapar. Nos ordenan guardar silencio y al cabo de un rato sólo se escucha algún gemido o súplica, o el llanto de un niño. Advertimos que, a partir de la locomotora, una comitiva viene revisando carro por carro. Finalmente se detiene ante nosotros. Dos de ellos esculcan a cada uno de los viajeros y si en su equipaje o en su persona encuentran algo de valor, se lo aseguran.

–¿Dónde está el halconcito? –pregunta el que parece el jefe de ellos. De atrás de sus filas se aproxima Benito.

–¿Qué hacemos con éstos, güey?

Benito le muestra un conjunto de fotografías y responde:

–Aquí tengo fichados a todos los que pueden pagar rescate.

Luego va mostrando el producto de sus observaciones y van sentenciando a cada grupo: los salvadoreños irán a los campos de trabajos forzados; el guatemalteco puede ser reclutado para la organización; las dos mujeres que viajan con la niña serán separadas. La hija quedará con su abuela, mientras que la joven:

–Se va con esta otra a "trabajar en el colchón" –sugiere Benito señalando a Amapola.

–Yo pagaré su rescate –intervengo.

–No se va a poder, mister. Ya la tengo comprometida. Pero no te preocupes, a ti seguro te rescata tu periódico.

Por un momento creo estar alucinando. ¿Con quién hablo? ¿Con el niño o con La Bestia?

–Pero Benito –trato de razonar con él– ¿por qué nos haces esto?

–Es como usted le dijo al Padre: Es mi trabajo. A todo se acostumbra uno.

Lejos, en donde está el cabús del tren, se oye el tableteo de una ametralladora. Después, un silbido ensordecedor anuncia que La Bestia se prepara para marcharse.

Angry Birds

Metí en la mochila sólo lo indispensable: dos mudas de ropa, mis tenis favoritos y mi iPad. Bajé las escaleras silenciosamente. Mi mamá dormía la siesta, así es que tenía una hora antes de que despertara. Cacharrón vio que abría la puerta y empezó a mover la cola, pero no lo dejé acompañarme. Tomé mi patineta y salí. Ya no regresaría a casa. Puse un pie en la tabla e impulsándome con el otro me dirigí al parque donde los chavos practicamos saltos y giros, tratando de superarnos unos a otros.

Estaba harto de tantos regaños y recomendaciones: que "ponte a hacer la tarea", "ya deja esa computadora", "tienes que limpiar la casa del perro", "no andes de vago con esa patineta, ¡te vas a descalabrar!" y lo peor de todo, que mi padrastro me ordenara que lavara su coche, mientras su hijo veía la tele. Ahora sólo haría lo que yo quisiera.

En el parque ya había varios cuates reunidos. Me puse a practicar el salto inicial. Tomé vuelo, le di una patada a la parte trasera de la tabla y brinqué al tiempo que ésta se elevaba; luego presioné con el otro pie la parte delantera y doblé las rodillas, para caer en equilibrio y levantarme prolongando el movimiento. Algunas veces me caí, pero insistí hasta cansarme.

Claro, hay chavos que la hacen gacha. A uno, al que le dicen Charlie, le hicieron rueda para ver los pasos que se le ocurrían en la rampa o sobre las jardineras que bordean el pasto. Cuando paró le aplaudimos y yo me acerqué para preguntarle:

–¿Cómo le haces para dar esa vuelta en el aire?

–Enséñame cómo despegas –me dijo.

Lo hice y me corrigió:

–Tienes que hacer lo mismo que en una vuelta de pateo, pero el truco es girar el cuerpo al mismo tiempo que la patineta da vueltas en el aire.

Estuvimos practicando hasta que lo conseguí. Le di las gracias y le invité un refresco en el OXXO de la esquina. Nos sentamos en el parque a tomarlo. Saqué mi iPad y me puse a jugar Angry Birds. Charlie quiso saber cómo lo hacía y le expliqué:

–Los pájaros deben cuidar su nido y sus huevos, mientras los cerdos tratan de robárselos. Si se los apañan, deben recuperarlos. Con estos botones les disparas y si les atinas acumulas puntos. Estos te permiten pasar a otro nivel de dificultad.

Al atardecer yo ya había llegado al tercer nivel y Charlie sólo al segundo. En eso llegó un mensaje de whatsapp de mi madre, ordenándome volver a casa. Tal vez hubiera ido, pero vi acercarse a la patrulla. No era la primera vez que la mandaba a buscarme y cuando me encontraban me llevaban a la delegación y había que chutarse lo de las actas y el regaño de la autoridad, así es que me levanté y le dije al Charlie:

–¡Vámonos!

Me siguió y cuando estuvimos lejos me preguntó:

–¿Qué onda traes con la chota?

Le dije que me había ido de mi casa. Sólo preguntó:

–¿Dónde vas a dormir?

–No sé… en el parque o por ahí…

–Ven conmigo –me invitó.

Caminamos y caminamos hasta llegar a la zona industrial. Fuimos a una bodega y Charlie tocó la puerta. Nos abrió un viejo desdentado, al que mi cuate le pidió que nos dejara dormir adentro.

–¡Claro, claro! –aceptó–. ¡Aquí podemos dormir todos calientitos!

Me dieron una cobija no muy limpia y un sillón desvencijado para que me acostara. El viejo tenía su catre en una especie de oficina. Se llevó a Charlie con él y oí que le ofrecía un trago. Se sentaron a platicar, mientras yo me dormía. Desperté más tarde, por lo que me parecieron unos quejidos, pero cuando pregunté qué pasaba paró el ruido.

Salimos temprano de la bodega, a la mañana siguiente. Charlie me invitó unos tamales y un atole:

–El viejo me dio cincuenta pesos –me dijo.

Después de desayunar caminamos por la colonia hasta llegar a lo que parecía una fábrica abandonada de paredes muy altas. En una de ellas había un dibujo enorme del rostro de una mujer. Parecía sangrar de una mejilla. Charlie sacó de su mochila unas latas de pintura en aerosol y agregó al dibujo algunas líneas que parecían salir de su cara. Luego rellenó los espacios entre ellas con diversos colores. Me dio una lata y me pidió que lo ayudara a pintar, sin salirme de las líneas, y aunque me equivoqué él no se molestó y corrigió mis errores. Después se dedicó a retocar la cara de la mujer y sacó de su cartera una fotografía para guiarse. Le pedí que me la enseñara. Sí, había un parecido.

Cuando terminó nos retiramos de la pared para contemplar el resultado. A mí me gustó mucho.

–¿Quién es ella? –le pregunté.

–Mi madre.

Algo sentí dentro de mí.

–¿Y dónde está?

–Está muerta.

–¿Por eso tiene una herida en la cara?

–Mi papá la golpeaba y un día se le pasó la mano…

Ya no quise preguntar más. Pensé que la mía no me defendía de mi padrastro… pero eso había quedado atrás.

Para dar por concluido el grafitti, Charlie se acercó para firmarlo. En una esquina dibujó la silueta roja del protagonista del videojuego que le había enseñado, y junto a él la figura azul de su compañero.

–Son Red y Chuck. –dije– ¡Somos los Angry Birds!

En otra esquina de la fábrica había una ventanita, pero estaba muy alta.

–Siempre quise ver qué hay adentro –dijo Charlie– A ver si puedes alcanzarla.

Me colocó sobre sus hombros y yo hice fuerza con mis brazos para subirme al antepecho. La madera de la ventana estaba desgastada y fue fácil romperla de una patada. Dentro estaba oscuro, pero apoyándome en maquinaria arrumbada pude llegar al piso. La puerta estaba atrancada con trebejos. Aunque batallé un poco logré despejarla y Charlie, a golpes, rompió la cerradura. Nos miramos contentos: ya teníamos un lugar dónde vivir.

Por la tarde fuimos al parque con nuestras patinetas. Practicamos un buen rato hasta que en una de las vueltas me caí. Lo malo es que mi tenis se rompió y ya no pude seguir rolando.

Al día siguiente Charlie me llevó a la escuela de una colonia popis. Vigilaba a los alumnos que poco a poco iban llegando y finalmente eligió a uno. Se le paró enfrente y le ordenó:

–¡Párate ahí! ¡Quítate los tenis!

El niño quería llorar mientras yo también me descalzaba y los intercambiamos. Luego nos alejamos corriendo. Pensaba: «¡Qué buena onda!»

Nos fuimos al parque. Ahí nos esperaba una sorpresa. En cada poste o árbol había colgado un anuncio con mi foto, pidiendo ayuda para localizarme. Nos alejamos a toda prisa.

Charlie preguntó si ya quería irme a mi casa, pero sólo de pensar en la regañiza que me esperaba me dio tirria, así que regresamos de nuevo a la fábrica, donde jugamos Angry Birds hasta la madrugada.

—Si te vas a quedar, tengo que arreglar algo —dijo Charlie al día siguiente.

Fuimos a la bodega a ver al viejo, quien me acarició la cabeza. A mí me dio asco, así que los dejé solos hasta que Charlie me gritó que nos íbamos. El viejo insistió en que nos quedáramos e intento retener a Charlie por un brazo, pero no lo logró.

Viajamos en metro para llegar a un estacionamiento abandonado, donde podíamos practicar skating. Después de un rato me dijo que lo esperara, que tenía algo qué hacer. Cuando regresó me llevó a comer a una fonda cercana.

—¿De dónde sacaste dinero? —le pregunté.

—Ahora tengo trabajo —contestó, sin explicarme más.

A partir de entonces la pasamos súper. Compramos colchonetas y cobijas, teníamos comida diariamente y mucho tiempo para jugar. Charlie no quería que lo acompañara cuando iba al trabajo, casi siempre cerca de una escuela. Ahí vendía algo por encargo del viejo.

Por esa encomienda, teníamos que verlo diariamente, y aunque a Charlie no le gustaba, tenía que hacerlo. Le llevaba el dinero de las ventas y el viejo le daba nueva mercancía. Siempre quería que nos quedáramos a dormir. Una vez se enojó porque no lo hicimos y amenazó con mandarnos a la tira.

Días después de ese incidente, iniciamos un nuevo grafiti en una barda del estacionamiento a donde íbamos a patinar. En la parte inferior de la pared dibujó un grupo de cerdos, pidiéndome que los iluminara de verde. Uno de ellos se parecía al viejo desdentado. Arriba colocó dos skatos, surcando los aires. Por más que los cerdos quisieran atraparlos no podrían hacerlo: eran demasiado lentos.

Interrumpimos nuestro trabajo al ver que un coche entraba al estacionamiento en desuso. Se acercaron dos tipos mal encarados.

–¿Charlie? –preguntó uno de ellos y sin esperar contestación le tiró un golpe. Sin tiempo de esquivarlo mi cuate se dobló de dolor.

–¡Hey! –quise defenderlo, pero el otro me agarró de los brazos, mientras continuaba la golpiza a mi amigo. Cuando se cansaron de esto, y con Charlie tumbado en el suelo, le dijeron:

–¡Súbete al coche y no la hagas de tos o el chamaco las pagará!

Me agaché a ayudarlo y le pregunté:

–¿Qué pasa?

–Es el viejo –me dijo– está enfermo y se va a su tierra. Quiere que lo acompañe–. Hizo una pausa y añadió– Tal vez yo también estoy mal, a lo mejor me contagió.

Me miró con tristeza:

–Esto se terminó… Regresa a tu casa…

Lo subieron a rastras al coche y se fueron, dejándome solo en medio del estacionamiento. En el grafitti el viejo con cara de cerdo parecía burlarse de mí.

El orfanatorio

Felipe, mi hijo, me llevó a recoger a los huérfanos a la terminal de autobuses en su flamante camioneta Cheroke roja, de la cual estaba tan orgulloso. Con los niños venía Lola, la mujer que los cuidaba. Desde el principio me dio mala espina: su mirada era hosca y su trato altanero. Pero yo no estaba dispuesta a que me echara a perder el día y la ignoré.

Con los niños a bordo emprendimos el viaje a lo que sería su nuevo hogar: el orfanatorio "Matilde R. de Ornelas".

Había sido llamado así en honor a mi persona y ese día fue inaugurado por el presidente municipal en una ceremonia a la que asistieron todas las personalidades de la ciudad: el señor cura, el juez de lo familiar, la presidenta de la sociedad de padres de familia… hasta el Jefe de la Policía y su señora esposa, tan afecta a las obras de caridad.

Ese fue el segundo día más feliz de mi vida. El primero había sido el nacimiento de Felipe, mi hijo único. Había sido el niño más hermoso que yo había visto, y cuando creció esperé verme bendecida con muchos nietos que reprodujeran su estampa y me acompañaran en la vejez; pero él no se apresuraba en cumplir mis deseos.

Una vez estuvo a punto de casarse. Ese día me llevó a un pueblecito de Tlaxcala para pedir la mano de una muchacha. Ese mismo día también solicitó permiso de sus padres para traerla a la capital del estado para comprar el ajuar de su boda. Pero al llegar a la zona comercial los dos se disgustaron y la jovencita regresó a su pueblo.

No hizo otro intento por formar una familia. De cualquier modo creo que compañía femenina no le faltó, pues de vez en cuando venían a casa padres indignados o muchachitas sollozantes, quienes alegaban violación o incumplimiento de palabra matrimonial. No les dejé salirse con la suya. Querían atraparlo y alejarlo de mí.

–¡Así tú serás mi única consentida! –me decía cuando le reclamaba no darme nietos.

Mi hijo fue prosperando, pero sus negocios lo obligaban a viajar constantemente. En el pueblo había habladurías sobre a qué se dedicaba realmente, pero no hice caso: «cuando alguien destaca, como político o empresario, siempre despierta envidias».

Para mí fue una sorpresa cuando en una de sus visitas me dijo que había adquirido la casona de don Fermín, abandonada desde su muerte, para instalar en ella un orfanatorio.

–Hacer obras de caridad dará buena imagen a mis negocios – me explicó–. Además, quiero que tú lo dirijas. Ya he hablado con las autoridades y están dispuestas a apoyarte. Así dejarás de molestarme pidiéndome nietos, pues tendrás más de los que siempre soñaste –concluyó con un abrazo y una sonrisa.

Una vez concluida la ceremonia de inauguración hice pasar a esa mujer a mi despacho.

–¿Cómo te llamas? –le pregunté.

–Lola, señora.

–Bien, Lola, pongámonos de acuerdo. ¿Cuántos niños tenemos y de qué edades?

—Son seis, señora. Juanito y Marisela, de nueve años; Rodrigo, de ocho; María Elena y Abel van a cumplir siete y está la menor, de seis años, que todavía no ha sido bautizada.

—Ya veo. Pues mañana hay que llevar a inscribir a los mayorcitos a la escuela pública, y yo hablaré con el padre Jeremías para que bautice a la pequeña. A los demás, hay que inscribirlos en el catecismo.

—Sí, señora —y tras una pausa añadió— señora… disculpe ¿me dejaría que yo fuera la madrina de la niña?

—Si quieres —le respondí, tratando de ser amable con ella.— Ramona te ayudará en el manejo de la casa y dispondrás cada día primero de una cantidad para los gastos, de la que me darás cuenta mensualmente. Eso es todo.

Así inicié una nueva vida por la que le di gracias a Dios. De ser una modesta viuda solitaria me convertí en una figura en la sociedad. Me invitaban a eventos y reuniones y me convertí en ejemplo de caridad cristiana. Felipe empezó a tener más tiempo que dedicarme y además, a mí me encantaban los niños. Una de ellos, la pequeña Adelita, se convirtió en mi favorita, así de graciosa era.

Pasaron los meses sin dejar huella. Quizá lo único que me molestaba era que la niña pareciera estar más apegada a Lola, a pesar de mis esfuerzos por halagarla.

No puedo decir que mi empleada fuera negligente; al contrario, hacía bien sus tareas. Pero no hablaba más que lo necesario y era de trato seco e intimidante. Incluso con los niños se mostraba adusta y reservada. Conservaba algunos rasgos agraciados, y aunque no era muy grande, se veía maltratada por el tiempo o por una vida difícil. Le pregunté a mi hijo de dónde la había sacado, pero no me dijo mucho al respecto. En cambio me explicó que Adelita era hija de una de sus trabajadoras, que había fallecido sin tener a quién dejársela.

–Pensé en traértela, pero mientras me decidía, Lola se hizo cargo de ella. Luego me enteré de nuevos casos de niños abandonados. Así surgió la idea del orfanato… Pero estás contenta ¿no?

Claro que lo estaba.

La primera señal de que algo andaba mal fueron los cambios de humor de Juanito, el mayor. No quería comer y se mostraba enfurruñado todo el tiempo. Ramona, la sirvienta, me vino con la queja: Juanito mojaba la cama y estaba cansada de lavar diariamente sus sábanas. Le pedí a Lola que atendiera el asunto.

Lola se apoyó en Ramona, madre de cinco hijos, para quien un coscorrón o el empleo del cabo de la escoba no eran mayor problema. Nada de esto dio resultado. Entonces Lola se encargó de evitar que bebiera líquidos después del atardecer y de que no se fuera a dormir sin antes ir al baño. Las medidas no dieron resultado; por el contrario, el niño se tornó arisco y majadero. Peor aún, llegó un momento en que se negó a ir a la escuela, y tuve que ir a darle explicaciones al maestro, quien accedió concederle unos días de asueto.

Finalmente Lola fue a dormir cerca de la habitación de los niños, y se encargó de despertar al meón a las tres y a las cinco de la mañana para que hiciera propiamente sus necesidades y conseguimos resolver el problema.

Pero los niños no nos daban descanso, y a los pocos días quien empezó a mal portarse fue Marisela: tenía pesadillas. Despertaba en medio de la noche dando unos gritos terribles, que estremecían toda la casa. Adoptó además un comportamiento extraño: continuamente se lastimaba a sí misma, punzándose con agujas o golpeándose adrede.

Preocupada, pedí consejo a doña Jovita, la esposa del Jefe de la Policía, quien se había hecho asidua al orfanato.

–Los niños huérfanos siempre tienen problemas –me explicó.– No sabemos nada de sus antecedentes familiares, ni de los traumas que podrían haber sufrido en las primeras etapas de su vida. Pero según me dice, a casi un año de su llegada parecían haberse adaptado ya a su nueva vida. Algo debe perturbarlos. Algo o alguien.

–Pero ¿quién? Si Lola o Ramona los molestaran, me enteraría, pero no he visto nada...

—¿Y en la escuela? –aventuró doña Jovita.– Últimamente se han dado casos de maltrato entre los niños de primaria...

Para investigar esa hipótesis visité al maestro, don Francisco, una persona muy correcta (pese a que corrían habladurías en torno suyo, porque no se había casado por cuidar de su mamá) pero no aportó nueva información. Señaló en cambio que el mal comportamiento de Juanito había retrasado sus estudios, y ofreció recibirlo en las tardes para ponerlo al corriente.

En la siguiente visita que nos hizo Felipe le planteé el problema. Pregunté sobre el origen de los niños, pero no pudo decirme mucho al respecto.

Lo interrogué después sobre Lola.

–Me debe muchos favores –me explicó–. Es de confianza, pero algo exagerada. Quizás algo mitómana. No habla mucho, pero de lo que dice habría que creerle sólo la mitad... ¿Y cómo ves a Adelita? –cambió el tema.

–Es un encanto –le dije–. Cada día se pone más bonita y tiene cada ocurrencia... Deberías venir más seguido a ver a los niños. A la mejor lo que necesitan es una imagen paterna...

–Sabes que no puedo. Me esperan en Monterrey y en Guadalajara...

–Sí –acepté– pero procura estar aquí en mayo, para la fiesta de la Virgen María. Los niños se han aplicado mucho en el catecismo y harán su primera comunión ese día.

Pese a que buscamos varias soluciones los problemas continuaron. Teníamos cuidado de no dejar a la mano tenedores, cuchillos y en general cualquier objeto cortante con los cuales

Marisela pudiera herirse. Con todo ello, ocasionalmente encontraba algo para hacerse daño. Lo peor es que no podíamos convencerla de no hacerlo, y no quería o no podía explicar el por qué de su conducta.

En busca de la razón, una tarde entre al cuarto de las niñas a examinar las cosas de Marisela. Su ropa, algunos útiles escolares y una muñeca desgastada por el uso no me dijeron nada. Pero al abrir un cuaderno escolar, un dibujo suyo me llamó la atención. Con trazos gruesos e inseguros representaba, en un extremo, a la propia Marisela, con las trencitas que la caracterizaban. Sólo que sus brazos estaban desprendidos del tronco y en torno a ella había puntitos que simularían lágrimas o quizás sangre. En el otro extremo de la hoja había otra figura femenina, con los brazos abiertos en una actitud que lo mismo podía ser acogedora que amenazante. Creí que se trataba de Lola. Bajo ambas figuras, con letras grandes y toscas, se leía MALA.

«¿De qué se trataba? ¿La niña se auto castigaba instigada por Lola? ¿O era ésta quien la torturaba por razones para mi incomprensibles?» Un ruido me sacó de mis pensamientos y me hizo girar la cabeza. Era Lola. La encaré.

—¿Qué significa esto? —le pregunté mostrándole el cuaderno.

—Los niños sufren —fue su respuesta— y usted debe hacer algo para evitarlo.

—Pero ¿por qué? —intenté averiguar—. Aquí todos nos esforzamos por atenderlos…

—Los demás… —dijo con respiración agitada— los otros…

—¿Quiénes?

—Los que vienen a esta casa… son todos unos perversos— me dijo encolerizada y me volvió la espalda.

Recordé la advertencia de mi hijo y sospeché que, en efecto, Lola no estaba bien de sus facultades mentales…

Consulté el asunto con el padre Jeremías: Una persona como Lola, retraída y amargada, que no hablaba pero que en todo momento tenía una mirada acusadora en los ojos ¿sería una mala influencia para los niños? ¿No sería preferible separarla del cargo? ¿Le podría aconsejar eso a mi hijo?

–No podría decirse que la conozco –fue su respuesta.– La veo algunas veces, cuando acompaña a los niños al catecismo. Pero salvo la vez que bautizamos a Adelita nunca la veo en la iglesia, y cuando cruza el atrio no se persigna. No creo que los niños estén seguros en manos de herejes: ¡quién sabe si lo que les enseño ella se encarga de contradecirlo! Además, la veo muy empeñada en sobreproteger a los niños: me da mucho trabajo deshacerme de ella cuando les doy lección, particularmente cuando me aparto con Adelita, que por ser más pequeña requiere atención especial... ¡Vaya, vaya pues en paz, doña Matilde! Yo me encargo de hablar con don Felipe, que siempre me ha dispensado su favor...

La víspera de la fiesta de la Virgen organizamos, en el cuarto en que habíamos improvisado una capilla, el ensayo final de lo que sería la ceremonia del día siguiente. Nos acompañaban doña Jovita y el maestro de la escuela.

Felipe, quien había venido para el evento, hablaba de negocios en el despacho con el presidente municipal. Lola corregía detalles en las albas vestiduras de los niños y Ramona los contemplaba arrobada. Adelita se veía preciosa: estrenaba un vestidito blanco lleno de encajes.

Un revuelo de holanes y velos blancos abrió paso a la negra sotana del padre Jeremías. Se interrumpieron las pláticas para saludarlo y yo ordené:

–A ver, ayúdenme a formar a los niños para empezar el ensayo.

Tomé de la mano a Adelita para colocarla al frente de la fila, pero ella miraba asustada al cura. Intente hacerla avanzar pero no quiso dar un paso y rompió a llorar. Su reacción nos sorprendió a todos, pero hizo más impacto en Lola. La ira le incendió el rostro y sin decir palabra tomó violentamente a la niña en vilo y salió de la habitación. Desconcertada, pedí que iniciaran el ensayo mientras iba a ver qué pasaba.

Encontré a Lola en una de las camas de las niñas, con Adelita en su regazo, todavía sollozando.

–¿Qué pasa? –dije, e intenté tomar a la niña en brazos– Ven, cariño…

–¡Déjela!

La voz de Lola sonaba amenazante. Me paré en seco.

–¡Cómo te atreves! –le reclamé–. Dame a esa niña…

Ella me miró con reproche.

–Tenían que perjudicar también a la niña… –me espetó.

–¿También? ¿De qué hablas?

–No se haga la inocente… Todos ustedes son unos asquerosos…

–¡No te lo permito! Te digo que me des a la niña…

Forcejeamos, pero no pude quitársela. Le grité:

–¡Puta!

La palabra se quedó vibrando en el aire. Con una frialdad que asustaba, Lola susurró:

–Ya veo que me reconoce. Yo no la he olvidado y no he dejado de maldecirla, desde que usted y Felipe me fueron a sacar de mi casa. Dijeron a mis padres que nos íbamos a casar, para luego meterme a trabajar en el burdel… Y ahora quieren hacer lo mismo con estos niños… Son unos asquerosos, usted y su hijo…el maestro maricón y el desgraciado padre Jeremías… ¡Ni a su nieta perdonan!…

Estaba exaltada… Me impresionó, pero evidentemente desvariaba. No tenía sentido seguir hablando con ella.

Me dirigí al despacho, para comentarle a Felipe lo sucedido.

Él sabría qué hacer. En el momento de abrir la puerta, mi hijo le decía al presidente municipal:

—¡Anímese a entrarle, jefe! Es un negocio redondo... Un gramo de cocaína lo puede vender sólo una vez. Un niño o niña... unas trescientas veces al año. Y salen más baratos...

Melodrama

De regreso a casa la jaqueca de Marissa se acentuó. Había sido una velada agotadora: una confrontación de egos, apenas disimulada por una capa de hipocresía. Lo habitual en el coctel para la prensa, al inicio de una nueva telenovela. Se habían reunido elenco y equipo técnico en pleno, para celebrar la brillante idea del productor: la nueva versión de El derecho de nacer, vigente como nunca en estos tiempos en que el milagro de la vida desde la concepción había sido puesto en entredicho.

¿Y quién mejor que Marissa Urrutia, experta escritora en asuntos del corazón, para actualizar el melodrama que había conmovido a cinco generaciones de televidentes? Misma pregunta para la elección del protagónico masculino: ¿quién mejor que Gustavo Adolfo Bécquer, el maduro galán de moda? Ambos, un matrimonio ideal: diez y ocho años de casados, sin dar pie a un sólo escándalo, cosa inusitada en el medio.

Marissa estaba satisfecha del éxito de su marido; después de todo, era hechura suya. A su apostura innata había añadido el nombre de un poeta olvidado, una presentación intachable y le había escrito sus mejores papeles. También había cuidado de que no llegaran a la prensa sus correrías sexuales, su propensión al alcohol y sus otros excesos. Lo había cuidado como a un hijo.

En el auto, la tensión era evidente, ya que los periodistas insistían en interrogar a la pareja sobre los rumores de un romance clandestino del actor con su futura coprotagonista. Gustavo Adolfo conducía con nerviosismo, temiendo que su mujer le hiciera una escena sobre ese asunto; y Marissa sospechaba que si lo hacía, su marido le propinaría una paliza, lo cual era factible toda vez que su relación estaba pautada por acontecimientos violentos. El más grave de ellos había ocurrido a los pocos meses de casados, estando embarazada. Marissa se estremece sólo de recordarlo y toma una pastilla tranquilizante, de las que siempre lleva consigo.

Como sucedía a menudo, la infidelidad masculina había sido el motivo. Discutieron. A una bofetada siguieron otros golpes y ella había rodado escaleras abajo. La caída le había provocado un aborto. Gustavo Adolfo llamó a un médico para atender a su mujer, víctima de un "accidente" y a la sirvienta para que, con periódicos, limpiara la sangre derramada y se hiciera cargo del producto. Lo único que la víctima recuerda del incidente es aquel envoltorio de papel sanguinolento…

Al detenerse ante un alto, salido de no se sabe dónde, un chiquillo los aborda. No tiene más de siete años y se ha improvisado una capa y una capucha con papel periódico, para guarecerse del frío.

—¡Cómpreme unas flores para la señorita! —y muestra algunos ajados ramilletes.

Gustavo Adolfo descarga sobre él su mal humor:

—¡Vete a la mierda, pendejo! ¡Por poco te atropello! —y arranca con un rechinar de frenos.

Marissa voltea a ver al niño, y reprocha a su marido:

—¡Pobrecito! Si no estaba haciendo nada… Con el frío que hace y no tiene un suetercito…

–¡Chamaco mugroso! Y no empieces con tus cursilerías…

–¡No son cursilerías, Gustavo Adolfo! Debemos ser solidarios…

–¡A la chingada!, le replica, tirándole un manotazo y deteniendo el coche para proseguir la agresión. Pero esta vez ella huye. Baja del coche y emprende la carrera. Él, embotado por el alcohol, no logra seguirla de inmediato: ¿En dónde se ha metido?

Marissa corre por calles desconocidas. Se asusta e intenta volver, pero ha perdido el rumbo. Se detiene jadeante y con el corazón palpitándole con furia. Se encuentra ante un pequeño y descuidado parque, apenas iluminado por un farol. Se sienta en una banca a descansar y busca el consuelo de otra de sus pastillas milagrosas. No debería hacerlo pues ha bebido un par de copas, pero la agitación es mucha. Poco a poco recobra la calma.

Piensa en el pequeño vendedor de flores envuelto en periódicos, lo mismo que su criatura. ¿Y si acaso ese niño fuera el suyo? En la telenovela que escribe, un padre enérgico no acepta que la heroína tenga un hijo fuera del matrimonio; y cuando clandestinamente da a luz, se lo roba. Pero una sirvienta fiel lo cuida como si fuera propio y, en el clímax del relato, veinte años después, propicia el reencuentro:

–¡Madre! Sin saber que existías, te imaginaba…

–¡Hijo mío! ¡Ya nadie podrá separarnos!

Marissa no contiene las lágrimas al imaginarlo: Quizás su hijo sobrevivió; tal vez la sirvienta, de la que no han vuelto a tener noticias, logró criarlo… ¡Oh, se siente tan culpable de no haberlo defendido!

Un ruido cercano la saca de su ensimismamiento. Al pie de un árbol se extiende una capa de basura. Cree advertir un movimiento: ¡Ratas!, adivina y, atemorizada echa mano de su celular para hablarle a su marido, pero desiste: Él tiene que marcar y disculparse primero.

Algo o alguien se agita frente a ella. Se aproxima con precaución y descubre, sobre una cama de trapos y papeles, una figura humana: es un joven, casi un niño. El cabello revuelto, la barba incipiente; un piercing en el labio y un tatuaje en el brazo. Tiembla de frío, bajo los efectos de un enervante. Abre los ojos, pero no la ve: se muestra extrañamente distante.

En Marissa, el efecto de los tranquilizantes también es alucinante. Pierde conciencia de su circunstancia física y sólo registra su percepción emocional: sus sentimientos a flor de piel son los de su maternidad frustrada. No hay una distancia temporal entre aquel envoltorio ensangrentado que contenía el fruto de sus entrañas y el amasijo de residuos inorgánicos que abriga al que podría ser el mismo, dieciocho años después. Se inclina y trata de besarlo, pero siente vértigo y debe incorporarse. Trastabilla y se recarga en el árbol cercano.

El joven viene de regreso de un viaje angustioso. Sus venas se hinchan, sus sienes palpitan y su cerebro parece estallar. Su cuerpo reclama otra dosis del veneno alcalino que lo posee, o caerá en un vórtice de fuego para no regresar. Alguien, desde ese árbol, lo acecha amenazante y se levanta trabajosamente. Echa mano de la acerada arma guardada en la cintura, que brilla mortalmente.

La mujer ve que se le aproxima y abre los brazos en cruz para darle el abrazo con el que expiará años de una culpabilidad latente. Al sentir un agudo dolor en el vientre piensa: "Son los dolores del parto. Finalmente estoy dando a luz".

Las patronas

Los hombres, provistos de armas largas, custodian al grupo de prisioneros que cavan la ancha zanja, ya de dos metros de profundidad. A una voz de mando los cautivos detienen la tarea, y entonces sus guardias hacen bajar a las mujeres a la hondonada, para inmediatamente después abrir fuego contra el grupo indefenso. El tableteo de las ametralladoras ahoga los gritos de agonía y al cabo de unos momentos todo queda en silencio.

Las manos de Benito sudan sobre la culata de su arma. En el primer instante no se había atrevido a disparar, y sólo después de algunos momentos lanza unos tiros al aire, para disimular. El Cacarizo se le acerca y le dice:

—No estuvo tan mal, ¿verdad?

Alguien se mueve bajo la pila de cadáveres.

—¡Échate a ese!

Tembloroso, Benito obedece.

La escena lo persiguió toda la noche. Le aterraba la idea de que, en adelante, ese iba a ser su oficio. Hasta entonces había desempeñado tareas menores para la banda de forajidos, pero esto era demasiado. A la primera oportunidad escapó, en el mismo tren en que viajaban sus víctimas: La Bestia.

Al intentar mejorar su posición en la plataforma, el tren dio un bandazo y Benito perdió el equilibrio. Rodó por el talud que sostenía travesaños y rieles, y tras reponerse del golpe vio con desesperanza cómo el tren se perdía de vista. Trató de incorporarse, pero no pudo hacerlo: el dolor que le recorría la pierna se lo impedía. Persistió y sólo a costa de mucho esfuerzo pudo incorporarse y descansar sentado en una piedra.

Fueron dos hombres con una recua de burros, quienes lo auxiliaron. Agradecido, pensó cuán distinto hubiera sido el trato que le hubieran dado los hombres de los que venía huyendo: un balazo en la frente, nomás para no tener que ocuparse de él.

Tras unas horas de camino llegaron al pueblo. Los arrieros lo llevaron a un jacalón, donde algunas mujeres lo atendieron: le dieron unos mejorales y fueron por un huesero que le entablilló la pierna. Luego, lo dejaron descansar en esa construcción rústica donde se alineaban dos docenas de literas, de momento vacías.

Por la tarde una muchacha, con un portaviandas le trajo de comer. Mientras lo hacía, ella se sentó en la cama de enfrente y lo interrogó:

—¿Cómo te llamas?

—Benito.

—¿Y de dónde eres?

—De Guatemala

—Sí, aquí vienen muchos guatemaltecos. Y te caíste de La Bestia, ¿verdad?

—Sí. Oye, aquí ¿dónde estamos?

—En Las Patronas, en el albergue de La Esperanza del Migrante.

—¡Ah! Qué suerte tengo, ¿verdad?

—Sí. Y aquí te vas a quedar hasta que te cures…

—Tá bueno. Y tú, ¿cómo te llamas?

—Matilde. Matilde García.

—¿Y aquí trabajas?

–Sí, y aquí vivo, con mi familia… Y apúrese, que ya me tengo que ir…

–Pero vas a volver, ¿verdad?

–Qué remedio. Pero no se preocupe, yo estaré aquí hasta que se alivie.

Las fracturas sanan lentamente. A pesar de haber sido enyesado, y con un par de muletas de medio uso, no era mucho lo que Benito podía hacer. De estar más de una semana recluido en el dormitorio, empezó a asistir al comedor y finalmente a merodear por donde Matilde hacía sus tareas: barrer el refugio, preparar grandes peroles de arroz, vigilar el hervor de los frijoles y finalmente empaquetar los alimentos que una brigada de quince a veinte mujeres llevaba hasta cerca de las vías del tren, para que los migrantes los recogieran al vuelo.

–Pero ¿por qué hacen eso? –preguntó Benito.

–Hace como veinte años, una vecina se despertó a medianoche: estaban tocando en su puerta –relató Matilde–. Era una muchacha muy asustada, que le dijo que venía en La Bestia, pero habían tratado de violarla. Su novio la había defendido, pero lo apuñalaron y los echaron abajo. Como pudieron llegaron al pueblo y buscaron ayuda… Luego, esa señora se quedó pensando en cómo ayudar a todas esas gentes que viajan en el tren, y que pasan tantas penas sin que nadie haga nada… Se le ocurrió llevarles comida. Otras señoras se le juntaron, y luego nosotras, sus hijas… Desde entonces nos dedicamos, todos los días, a preparar alimentos para entregárselos a los migrantes… ¡Pobres, a veces llevan varios días sin comer!…

–Pero –alegó Benito– ¿cómo le hacen? Aquí nadie tiene lo suficiente como para estar regalando comida todos los días… A ver ¿cuántas comidas reparten?

–Se preparan unas doscientas raciones todos los días, y hay que trabajar desde muy temprano para que estén a tiempo cuando pase el tren. Al principio sí era difícil acabalar tanta comida, pero conforme se fue sabiendo que se trataba de una obra de caridad, mucha gente se decidió a ayudar. Mañana me acompañas a la tortillería, para que veas…

Al otro día Matilde pidió prestada una camioneta y condujo a Benito hasta la tortillería. Dentro el ambiente era cálido, y no sólo porque el horno estaba encendido para acoger las porciones de masa redondeada que desfilaban a su interior por la banda sin fin, sino porque una fila de mujeres provistas de mantas multicolores esperaba su turno para recoger su pedido, mientras charlaba animadamente.

–Hola, Matilde –saludó una de ellas.– Preséntanos a tu amigo. ¿Es el que se cayó del tren?

–Sí, se llama Benito.

–'Ta guapo el muchacho… ¿Por eso lo tenías escondido?

–Ningún escondido. Está todo el día en el albergue, ahí pueden ir a verlo… –río Matilde.

–¿Va para el norte? –le preguntaron a Benito.– Pues apúrese, porque si se tarda las muchachas de por aquí no lo dejarán escapar…

Las bromas siguieron mientras las tortillas, infladas por el calor del horno, iban cayendo una a una en la canasta, que terminó por llenarse. Entonces Matilde y Benito la recogieron y emprendieron el camino de regreso a la cocina del albergue.

–¿Es verdad que te piensas ir al otro lado? – le preguntó Matilde.

–Pues sí, nomás que me alivie.

–No entiendo qué tanto buscan en el gabacho. Todos los hombres del pueblo piensan irse, cuando allá se sufre igual que aquí. No es cierto que el que llega al otro lado se vuelve rico.

–Es que en Guatemala no hay nada qué hacer más que morirse de hambre. Y aquí…

–Aquí y en todos lados la situación está difícil, pero no imposible. La cosa es querer trabajar…

–¿Trabajar? ¿Y de qué?

Trabajar la tierra, como lo hacen todos. Mi papá tiene unas tierritas, y estoy segura de que te daría trabajo. Nomás que te compongas…

–Bueno, ya veremos…

Gracias a la juventud de Benito, al mes su fractura había sanado lo suficiente para intentar recorridos cortos. Para no tenerlo ocioso, Matilde lo había incorporado a varias labores en la cocina: limpiar los frijoles, colocar en bolsitas las porciones de arroz o huevo revuelto, llenar botellas de plástico con agua de la llave y finalmente colocar en una bolsa mayor raciones individuales de comida. Al principio, las mujeres que compartían el trabajo les hacían bromas tachándolos de novios. Los muchachos, de sólo diecisiete años, se sonrojaban. Luego, sencillamente, el hecho se daba por entendido.

Un día se le ocurrió a Benito preguntar si los maridos de las participantes del proyecto estaban de acuerdo con que dedicaran tiempo y dinero a la caridad.

–Y aunque no estén de acuerdo –le respondieron– ¡los que se quedarían sin comer serían ellos, porque no estamos dispuestas a dejar de trabajar!

Una mañana, a la cocina llegó una camioneta de modelo reciente, cargada de víveres, que el chofer se apresuró a descargar. Del vehículo bajaron también una joven –que corrió a saludar a Matilde– y un hombre maduro, con el rostro marcado por la viruela, que se quedó viendo a Benito.

Matilde presentó a Ana María, como su compañera de escuela, y a su padre, don Severino. Le explicó a Benito que cada mes el hombre las ayudaba con provisiones para la despensa del albergue. Tembloroso, Benito le dio la mano.

—Así es que por andar queriendo escapar del país, ahora se encuentra aquí atrapado —le dijo.

—Sí —intervino Matilde—, pero ya lo estoy convenciendo de que se quede.

—Sería bueno… aquí nos falta gente dispuesta a trabajar.

Matilde y Ana María comentaron que se verían en la fiesta del pueblo y se despidieron alegremente. Don Severino se despidió de Benito diciendo:

—Si se decide a quedarse, búsqueme. A ver qué podemos hacer.

Matilde se veía contenta; en cambio, el ánimo de Benito se tornó sombrío.

—¿Quién es ese Severino? —interrogó Benito.

—Uno de los ricos del pueblo. ¿Por qué?

— Por nada… ¿Y a qué se dedica?

—Pues tiene ranchos, ganado… Yo qué sé.

—¿No lo busca la policía?

—¿Cómo se te ocurre? Es amigo del presidente municipal, creo que hasta del gobernador. Aquí la gente lo quiere mucho. Siempre está dispuesto a ayudar a todos: les consigue trabajo o doctor si están enfermos, los saca de apuros prestándoles dinero… Y ultimadamente ¿por qué te interesa tanto?

—No, por nada, retrocedió Benito.

El domingo, desde muy temprano, los cohetes anunciaron que la fiesta empezaba. Para mediodía, el pueblo se había volcado a la plaza principal, donde la banda municipal desafinaba, las familias paseaban consumiendo golosinas, los vendedores callejeros asediaban a la concurrencia y las campanas del templo llamaban infructuosamente a misa.

A Benito se le dificultaba circular entre el gentío, y Matilde lo dejó sentado en una banca, mientras iba a saludar a Ana María y a otras amigas. A poco tiempo de estar ahí, se le acercó el chofer de don Severino.

–¿Quihubo?– lo saludó. –¿Te gusta nuestro pueblo?

–Está bonito, aceptó Benito.

–Bonito, pero aburrido –replicó el hombre. – Lo bueno es que pronto te irás de aquí, ¿verdad? ¿A dónde irías?

—Me da lo mismo –afirmó Benito– ahí dónde me deje el tren.

–Sí, mientras más lejos mejor. Dice el jefe que aquí no eres bienvenido. Podrías terminar enterrado en una zanja…

Cuando Matilde regresó al parque, se extrañó al encontrar vacía la banca. Más raro aún fue no encontrar a Benito en el albergue, y que nadie pudiera darle noticia de él.

Los días siguientes fueron difíciles para Matilde. En la cocina se comentaba que posiblemente Benito se había ligado a alguien y se habían ido juntos, pero Matilde cortó enérgicamente esos rumores. Para sobrellevar su pena se entregó con más fuerza al trabajo. A sus labores habituales añadió la de ir a repartir comida en las vías del tren, y después de hacerlo todavía se quedaba un rato, viendo cómo La Bestia desaparecía en el horizonte. Su constancia tuvo recompensa: un día mientras esperaba el tren vio venir en sentido contrario, por las vías, a una persona rengueando, apoyándose sólo en una muleta. Corrió a su encuentro. Luego lo llevó a la cocina comunitaria, donde le dio de comer y le permitió recobrar fuerzas, antes de averiguar la causa de su partida.

–¿Por qué te fuiste? –le preguntó y Benito le contó su historia:

–De verdad, yo no quería matar a nadie, pero el Cacarizo me obligó –explicaba Benito. –Además, el hombre ya estaba herido, ya no sobreviviría…

Matilde lo escuchó preocupada, pero no demostró extrañeza. En cambio le dijo:

–¿Y por qué volviste?

–Por ti –fue la respuesta.– No me importa qué me pueda pasar.

Matilde rió:

–No pasará nada. Esto yo lo puedo arreglar. Todo el pueblo sabe que don Severino es un maldito, y que las ayudas que da son interesadas. Porque también él necesita de nuestra protección, para él y para su familia.

Benito quedó en desazón hasta el día siguiente, cuando fue a buscar a Matilde a la cocina. En cuanto la vio, se apresuró a preguntarle:

–¿Dónde fuiste? ¿Por qué tardaste tanto?

–A casa de don Severino –le respondió.

–¡Cómo! ¿Y le contaste todo esto?

–Claro que no. Hablé con Ana María y prometió ayudarme.

–Pero ¿le dijiste en qué anda metido su papá?

–Ella lo sabe… Pero no te preocupes, su padre no puede negarle a ella nada… Lo único es que, para que no te haga nada, debes prometer que no te irás del pueblo. Tienes que quedarte aquí, donde pueda vigilarte… Además, el mismo te ofreció trabajo…

–¿Tu crees que era sincero?

Desde la cocina, donde las mujeres que preparaban la comida para los migrantes veían la escena, una de ellas comentó:

–Me parece que pronto tendremos casorio.

–¿Ya mero llegamos?–preguntó Benito.

–Cosa de media hora– le contestó el chofer.

Había aceptado trabajar en el rancho de don Severino. En la cabina de la pickup viajaban Benito, el chofer y una persona más. Atrás, en la caja, otros seis peones.

¿Y qué vamos a hacer?

–Hay un brote de fiebre aftosa en el ganado –explicó el chofer. Tenemos que deshacernos de los animales enfermos antes de que contagien a todo el hato. Serán unas treinta cabezas, que ya han sido separadas del resto. Así es que vamos a abrir una zanja, de unos cuatro metros por seis, y luego los vaqueros las harán entrar en ella para que les disparemos. Después sólo las enterraremos… ¿Qué te parece?

No contestó. Un sudor frío le recorría la espalda. ¿Sería cierto lo que le decía o…?

El hombre de la casa

Rubén entiende que ha dejado de ser el hombre de la casa. Está resentido con ese gigantón de barba crecida y pelo enmarañado que ahora vive con ellos. Desde que murió su padre, su madre, Imelda, había tenido que lidiar sola con las tareas del rancho, y le pareció una suerte que alguien quisiera apoyarla conformándose con sólo la comida y el alojamiento. Al principio el huésped era callado y servicial, pero cuando ganó confianza se volvió mandón y majadero.

Ese día Rubén y su hermanita habían ido con él a recoger fruta al campo, y en uno de los árboles habían descubierto un nido.

–¡No, déjame, me da miedo!– gritaba Lucy mientras trataba de librarse del forzado abrazo que la mantenía en vilo.

–¡Déjala, ya bájala! –exigía su hermano Rubén, jalando la chamarra del hombre que sostenía a la niña en alto, supuestamente para enseñarle los polluelos en un nido, pero en realidad para poder atisbar bajo su vestido.

Los niños habían quedado solos, bajo el cuidado del hombre, mientras su madre iba al pueblo cercano, a una consulta con el médico. No había nadie más en la casa.

Finalmente el hombre la depositó en el suelo y prosiguieron su paseo. Lucy, enfurruñada, se negó a darle la mano.

–Señora, perdóneme por llegar así nomás, sin avisar –se disculpó la mujer, tocando a la puerta de la casa donde años atrás había servido.

–No te preocupes, Imelda, pasa –le contestó la dueña de la casa.– ¿Qué te trae por aquí?

–Vine de carrera al doctor, pero no lo encontré. Me mandó hacer unos análisis y ya debe tener los resultados. Dicen que salió a atender un parto, que regresa en dos horas y como no tengo más qué hacer… Si quiere que la ayude en algo…

–Acompáñame a la cocina, ahí platicamos. ¿Quieres un café?

Las dos horas pasaron rápido, mientras ambas compartían confidencias y preocupaciones.

–¿Cómo está mi ahijada… Lucy, verdad? –pregunta la señora – ¿Cuántos años tiene ya? ¿Cinco?

–Sí, y Rubén doce. Espero que estén bien. Si el doctor me atiende rápido estaré en casa a las cinco, cinco y media…

Para cuando la visitante se dispuso a ir a la consulta, negros nubarrones se acumulaban en el horizonte y gruesas gotas empezaban a caer.

Tras un rato de vagar por el campo, el hombre dice a los niños:
–Acompáñenme a ordeñar a la vaca.

El establo lucía descuidado. Palas y azadones dispersos en el piso; la pila donde bebía el animal, mugrosa; boñigas frecuentadas por moscas por doquier.

–Trata de ordenar un poco este tiradero –indica el hombre a Rubén, mientras él se sienta ante la vaca y empieza a manipular sus ubres. Lucy se acuclilla para ver cómo mana la leche.

Rubén mueve la escoba con desgano. Piensa que es este el sitio donde su madre, algunas noches, cuando cree que están dormidos, viene a ver al hombre. Fija la vista en las manos que ordeñan hábilmente a la vaca, que apaciblemente se deja hacer.

–¿Te gusta la lechita? –le pregunta el hombre a la niña al tiempo que dirige el líquido a su rostro. Ella grita y empieza a llorar.

¡Era broma, era broma! –dice el hombretón entre risas.– Ven, déjame ayudarte –continúa y empieza a desabotonarle el vestido empapado.

–Yo la ayudo –dice Rubén, enfadado, y se lleva a la niña, para cambiarla de ropa.

Los siguen las risotadas del hombre:

–No se enojen, era una broma.

No contestan. Corren a refugiarse, pues ha empezado a llover.

El diagnóstico no fue halagüeño y sus lágrimas se confunden con las gotas de lluvia que la cubren. Ya en casa, su antigua patrona trata de consolarla mientras se seca.

– Cálmate: todo saldrá bien… Ahora, si se descubre a tiempo, el cáncer puede curarse. En cuanto a los niños, cuando regrese mi esposo te llevará en el coche a casa…

La lluvia no cesa, al contrario, por momentos parece arreciar.

Cuando el dueño de la casa retorna del trabajo, su esposa lo pone al tanto de la situación, y él reitera que en cuanto escampe la devolverá a su hogar.

–¿Cómo es el hombre que cuida a los niños? –pregunta.

–Es alto, grueso y tiene barba un tanto descuidada. Es fuerte y me ayuda mucho. Es muy callado, casi hosco, pero estoy segura de que es buena persona.

Las mujeres levantan la mesa y van a la cocina a lavar los trastes. El marido hace una llamada telefónica. Más tarde, en un aparte, le dice a su mujer:

—Parece que ese hombre es de cuidado. La policía busca a alguien así.

Rubén termina de bañar a su hermana, que está de pie en la tina de plástico que les sirve de bañera, cuando el hombre abre la puerta y les dice:

—Vengan a comer algo.

—Vamos— responde Rubén, pero el hombre no se retira.

Molesto, el niño envuelve a Lucy en una toalla y va a cerrar la puerta.

El hombre había calentado frijoles y tortillas, y junto con un queso los sirvió en la mesa. En silencio, todos comen sin mucho apetito. Sólo se escucha el sonido de la lluvia.

—Creo que va a llover toda la noche, por eso su mamá no vuelve.

Un relámpago subraya sus palabras. Lucy empieza a llorar.

—¡Mamá, quiero a mi mamá!

—No llores. Lucy. Ven, yo te cuido —ofrece el hombre.

Pero Lucy, sollozando, prefiere a su hermano. Este le acerca su muñeca para distraerla. La niña se adormila y Rubén propone:

—Ven, vamos a acostarnos.

Antes de entrar en el dormitorio. Rubén le lanza una mirada penetrante al hombre, que no parece querer marcharse. Este baja la vista y se despide:

—Sí, yo también ya me voy a dormir.

Toma una cobija, se envuelve con ella y sale del lugar.

El niño acuesta a su hermana, la abriga y luego revisa la casa. Se asegura de que las ventanas estén cerradas, atranca la puerta principal y enciende la lámpara de petróleo que hay sobre la mesa, disponiéndose a esperar a su madre.

—Lástima, pero no voy a poder llevarla a casa esta noche. Dicen que hay ciclón en la costa y la tormenta va para rato. El agua pudo haber destruido el camino y con este tiempo no se puede ver. Los niños estarán bien dentro de la casa, y mañana a primera hora iremos a verlos… –se disculpó el marido; y su mujer agregó:

–Puedes dormir aquí, en el sillón. Trata de descansar y no te preocupes: todo tiene solución. Cuando tengas que ir al médico me puedes dejar a los niños, y tú te pondrás bien. Buenas noches.

Trató de alejar los malos pensamientos, pero no podía conciliar el sueño. Cáncer era una palabra demasiado fuerte. Y luego… en el pueblo no podrían darle el tratamiento, tendría que viajar a la capital… ¿De dónde sacaría para los gastos? Y si moría ¿qué pasaría con sus hijos? ¿Dormirán bien abrigados? ¿Se habrá ocupado el hombre de ellos?

El temporal ha menguado, pero la lluvia no cesa.

En el jergón que le sirve de lecho, el hombre escucha el monótono ruido de una gotera, pero no se molesta. Contempla la muñeca de Lucy, que se ha robado. Le acaricia el pelo y la inclina para que abra y cierre los ojos, de un azul inverosímil. Su intrincada barba deja entrever una sonrisa estúpida. Le mordisquea los deditos de plástico y siente cómo su respiración se hace más agitada. Se escuchan truenos lejanos; y el hombre se levanta, sale y, sin importarle la lluvia, va hacia la casa.

En tanto, Rubén ha colocado un sillón frente a la puerta y la vigila atentamente. Afuera, el viento agita los árboles y el agua que se desliza sobre el tejado cae estrepitosamente en gruesos chorros. Ha sacado la vieja escopeta de su padre y mentalmente recuerda sus instrucciones para disparar: "Sostener el arma con una mano, apoyándola contra el hombro y acercándola a la mejilla para alinear la mira con el blanco; mantener los ojos abiertos para tenerlo en foco y no tocar el gatillo sin antes quitar el seguro…"

Oye pasos que se acercan, apresurados. El hombre toca la puerta:

–Rubén, Rubén, ¡ábreme!

No se mueve ni contesta.

– ¡Ábreme! ¡Se cayó el techo y me estoy mojando!

No responde.

El hombre se aleja, maldiciendo.

Lucy se ha despertado y viene hacia su hermano. Rubén le dice:

–Regresa al cuarto, pon el seguro y duérmete. Si llega mamá y estás despierta se enojará…

La niña obedece, al tiempo que se escuchan pasos que se acercan corriendo. Ahora el hombre no llama al portón, sino que intenta derribarlo a hachazos. Golpea una y otra vez; vuelan astillas y trozos de madera. Rubén siente que un sudor frío le recorre la espalda, pero mantiene firme el arma. Unos golpes más y el acceso a la casa queda libre. A contraluz de un relámpago la silueta del hombre se recorta en el vano de la puerta. Rubén se esfuerza por mantener los ojos abiertos, piensa «¡Maldito! Déjanos en paz» y dispara…

En la cocina

Anoche: sonreír a los invitados, tomar sus abrigos, ofrecerles bebidas, atender a la mesa y asentir a sus vacuos comentarios sin dejar traslucir su descontento interior. Hoy: retirar vasos y copas semivacíos, limpiar ceniceros, ventilar la estancia, aspirar alfombras, lavar la vajilla, luego de celebrar que su esposo había obtenido un premio de periodismo. Pero había algo más, ahora también resentía el oprobio del comentario de su marido, que cuando uno de sus invitados le preguntó si ella tenía algún pasatiempo, éste respondió: "Ah sí, le gusta hacer versos". Como si éstos fueran carpetitas bordadas o flores de migajón.

Sus versos… Suspira y piensa:

«Tiene un jardín la noche
inasible de día
donde oculta la araña
su ingrávido telar
Ahí trama oscuros versos
cuajados de rocío
rosario de infortunios…»

El silbido de la olla de vapor la saca de su ensimismamiento. Las verduras ya están cocidas y debe apresurarse a cocinar. Piensa: Cómo se le ocurre a Jorge hacer una reunión como la de anoche, y luego invitar, para el día siguiente, a comer a sus padres. Pero su pensamiento es inútil. Él no se da cuenta de esas cosas.

Saca la pierna de cerdo del refrigerador, la sofríe lentamente por ambos lados y luego la adoba en una salmuera de jugo de naranja, chile ancho, ajo, laurel, romero y tomillo. La sonrosada carne le produce repentinas náuseas, y le llega a la mente su hijo nonato. Se detiene y no puede dejar de rememorar los días de honda depresión que sucedieron al aborto. No puedes hacer nada bien –se dice– todo lo dejas a medias, como el poema que te obsede hace ya varios meses:

«Vivo silente, sin vínculos
como feto en un frasco de formol,
como un ahogado que se agazapa
saliendo a la orilla quejándose del frío,
esperando no ser notado…»

Escribir… ¿para qué? Dijo mi madre: "Si quieres un hogar tranquilo tienes que hacerte a la idea de ser más sumisa. Con un escritor en la familia es suficiente". ¿Es suficiente? ¿Para quién? Tal vez para ése que hoy se siente coronado por las musas y por ellas me ha abandonado… Yo lo amaba y por él florecía como rosa en un jarro de porcelana barata pero ahora… estoy muy ocupada manteniendo mi cabeza fuera del agua. Soy…

«Una mujer que arrastra, circular, su sombra.
Vuela como una cuartilla de papel intacto
cuyo porvenir es el de una gaviota gris
en playas desoladas.»

Entiendo, se dice. Si nunca esperas nada de nadie nunca te decepcionarás. Me niego a cocinar tres veces al día, a la rutina, a la jaula, a la costumbre.

El guisado está listo. Se pone de rodillas frente a la estufa y abre el horno. Siente que un dios extraño la jala del cabello. Abre el gas.

La cuerda

La casa hogar para niñas estatal me ha enviado al Instituto Psicológico, donde trabajo, a una menor acusada de conducta violenta. Me detengo a observarla a través del cristal especial que da al pasillo, y que desde el interior del cubículo es un espejo. Ignorante de que la veo, la niña está ensimismada. Tiene once años, pero las privaciones que ha sufrido no han permitido su pleno desarrollo y luce menor. Se ve desaliñada: el pelo revuelto, las mangas del suéter arremangadas, la blusa desfajada y las calcetas caídas. Se mira las manos, se examina las uñas y parece tan apacible que es difícil creer las acusaciones de violencia contra sus compañeras que pesan sobre ella. La directora quiere expulsarla, pero necesita una evaluación psicológica para sustentar su propósito.

–¡Hola Ramona! – saludo al entrar.– Me llamo Berenice, y quisiera que platicáramos un momento ¿te parece?

Asiente y yo prosigo:

–Me dicen que tuviste un pleito con tus amigas. ¿Quieres decirme qué pasó?

–No son mis amigas –replica. – Yo no tengo amigas… Yo sólo quería jugar con ellas, pero nadie quiere jugar conmigo…

–¿Y por qué?

–Dicen que les pego…

–¿Les pegas?

–Ellas tienen la culpa…

–¿Desde cuándo estás en el Internado?

–Hace… un año…

–¿Y por qué estás ahí?

–Porque mi mamá no me quiere.

–¿Por qué dices eso?

–Es la verdad. Siempre trata de deshacerse de mí.

–¿Siempre? ¿Cuándo te diste cuenta?

–Cuando nos dejó mi papá… Él tampoco nos quería… Nos fuimos a vivir a casa de mi tía y mi mamá estaba muy triste. Luego también ella se fue, dizque para buscarlo, pero lo que pasa es que lo quería a él y no a mí… Mi tía me regañaba mucho y yo también quise irme. Me salí a la calle y caminé mucho rato, siempre derecho para no perderme. Iba cruzando un llano, cuando me vio un hombre. Me agarró de la mano y me dijo que me fuera con él. Yo no quería, pero él no me soltaba. Al fin se descuidó y pude escaparme. Regresé con mi tía y me encontré con que mi mamá había vuelto…

–¿Le contaste del hombre? –le preguntó a Ramona.

–No, ¿para qué? Hubiera querido que me fuera con el hombre.

–No digas eso. Estoy segura de que tu mamá te quiere… Y luego ¿qué pasó?

–Mi tía se peleó con mi mamá. Le dijo que ya no podía tenernos ahí; nos corrió. Mi mamá me llevó a la vecindad donde vivía. Ahí le daban ropa para lavar. Yo le ayudaba a tenderla y a doblarla cuando se secaba… Me gustaba correr entre las sábanas recién lavadas: olían a limpio y me acariciaban al pasar…Teníamos sólo un catre, y yo me dormía abrazada a ella…

–Lo ves: ella si quería cuidarte…

–Sí, pero entonces regresó mi papá…

–¿Y…?

–Me sacaron de la cama y tuve que dormir sola, en una silla y con una cobija. Eso no duró mucho: mi papá se fue y volvimos a estar juntas. Pero mi mamá estaba muy triste, hasta que un día, muy temprano, se levantó y se fue. La vecina me dijo que me iba a cuidar hasta que mi mamá volviera, y así tuve una familia…

–Muy bien –le dije.– ¿Te gusta pintar? Vamos a hacer unos dibujos.

Le di papel y lápices de colores y le pedí que dibujara un árbol. Observé cómo se esforzaba por complacerme y al cabo de un rato me entregó su trabajo. Era un árbol esquelético, sin raíces, de ramas endebles y casi sin hojas. Me pareció que reflejaba la falta de apoyo e indefensión que sentía ante un entorno hostil.

Le di otra hoja de papel diciéndole que dibujara a su familia. Se mostró extrañada:

–¿Cuál? –me pregunta con un nudo en la garganta.

–La de antes –le digo– con la que vivías antes de venir aquí.

Suspira y se absorbe en la tarea.

Minutos después Ramona me entrega su trabajo. Aun cuando el trazo es inseguro y las proporciones incorrectas, puede apreciarse en primer plano el rostro de una mujer con trenzas que parece contemplar una escena lejana, en la cual una pareja ve a dos niños que se pelean. La mujer es más alta que el hombre, y los peleoneros están tachados con garabatos. En el plano más lejano hay una niña, al pie de una especie de construcción cuadrangular. En la mano lleva una cuerda.

Le pregunto quiénes son ellos. Como es natural, la mujer más grande representa a su madre, y la pareja al matrimonio que la cuidó durante un tiempo. El hombre, de menor estatura, denota la poca importancia que Ramona le daba. Por otra parte quizá guardaba rencor hacia los niños, porque según ella le pegaban, pero a la vez también porque competían con ella por el afecto de la madre sustituta.

–Y aquí estás tú, ¿verdad? Pero ¿qué es esto? –le digo señalando el cubo gris.

–El lavadero de la vecindad.

–¿Y qué llevas en la mano?

– Una reata del tendedero

Con esto concluimos la primera sesión.

Han traído nuevamente a Ramona al Instituto, para proseguir la evaluación. Me espera en la cámara de Gesell y yo la observo un momento antes de entrar. En la mesa hay hojas de papel y lápices de colores. Ella toma una hoja y coloca su mano izquierda encima. Con un lápiz dibuja el contorno de su mano y después de pensarlo un momento tachonea su dibujo.

Las pláticas que hemos tenido empiezan a dar resultados. Ahora se preocupa por su aseo personal y sonríe cuando se lo hago notar. Me cuenta que ya tiene una amiga:

–Se llama Rosita y es nueva en la escuela. Las otras niñas no la quieren, porque es morenita. Jugamos en los columpios y se sienta junto a mí a la hora de la comida…

Me da gusto su nueva actitud, pero siento que lo suyo no es sólo un problema de mala conducta. Trato de avanzar en el conflicto con la madre. Le comento que pregunté a la directora por su mamá y me respondió que está en el hospital. Omito el dato de que se trata de un hospital psiquiátrico.

–¿Lo ves? No es que no te quiera, sino que está enferma. Por eso no viene a verte.

No contesta. Se queda pensativa y se talla nerviosamente las manos.

A los pocos días recibo una mala noticia: Ramona ha reincidido en su comportamiento violento y la directora quiere verme. Me dice que agredió a una compañerita durante el recreo.

–No se trató de un pleito común y corriente –agrega–, para mí que trató de estrangular a su amiga con la cuerda con que jugaban. Ya no puedo tenerla aquí…

–Pero todavía no termino su evaluación –alego–, ya había modificado su conducta. Estoy segura de que en un tiempo…

–Su evaluación ya no es necesaria –me replica–, ya he denunciado los hechos y ahora su suerte depende de las autoridades. Seguramente la enviarán a una correccional.

Ramona está inquieta en esta última entrevista. Sabe que ha hecho mal y teme las consecuencias de su acción. No bien entró en el cuarto donde me espera, se deshace en justificaciones.

–¡Yo no tuve la culpa! –grita–. Ellas me provocaron. Yo no quería hacerlo, pero se burlaron de mí. Todas, Rosita también.

–Cálmate –le digo–, cuéntame ¿qué sucedió?

–Me odian. Me han odiado desde que llegué. Nunca quisieron jugar conmigo, me ponían apodos y se burlaban de mí. No pararon ni cuando se dieron cuenta de que tenía una amiga. Entonces se empezaron a portar bien con Rosita. Le daban dulces y la invitaban a jugar. Ayer, en el recreo, fui a buscarla para ir a los columpios, pero ellas le pidieron que se quedara a brincar la cuerda. Me dio la espalda, se quedó. Brincaba cada vez más rápido. La cuerda pasaba junto a mí, silbando, cada vez más cerca. Rosita se reía: me estaba abandonando… como mi mamá. No me quería. Les quité la cuerda y me aventé contra ella…

–¡Qué lástima que haya sucedido esto! –le digo–, sobre todo ahora que ya te estabas portando bien.

–¿Es cierto que me van a mandar a la correccional?

–No te preocupes: yo te seguiré buscando…

–¡No, no! –me interrumpe–, ¡Ahí no me visitará mi mamá! –prorrumpe en llanto y golpea la mesa con las manos, cada vez más fuerte.

–Te vas a lastimar –le digo y la sujeto. Veo en sus palmas profundas cicatrices.– ¿Qué pasó, cómo te hiciste esto?

Entre sollozos me responde:

–El día que mi mamá se fue, despertó muy temprano y se vistió a escondidas…Yo todavía tenía sueño, no quería levantarme, así que me quedé quietecita esperando a ver qué hacía… Tomó el metate y lo sacó al patio, que todavía estaba vacío. Lo llevó hasta la pileta y ahí lo amarró con un lazo del tendedero… Después se lo amarró al cuello y lo aventó dentro de la pila. El peso de la piedra la arrastró y quedó inclinada, con la cabeza dentro del agua. Pataleaba…

–¡Por Dios! ¿Y qué hiciste?

–¡Grité y grité! Jalé la cuerda con todas mis fuerzas… –Rememora la escena y se queda en silencio.

La interrumpo:

–Querías sacarla de la pila…

–¡No! ¡Quería irse otra vez, para siempre! Yo estaba muy enojada y jalé y jalé la cuerda, para que no se la quitara… Lo mismo con Rosita… ¡Qué se vayan, que me dejen sola!

Llora. Trato de consolarla:

–No te preocupes. Yo te visitaré.

No me contesta, pero puedo ver la pena en sus ojos.

La historia es otra

"¿Así que esto es la vida?
Una caja de cartón, con un montón de borrosas fotografías..."

No sé dónde leí esos versos, que ahora vienen a mi memoria a medida que saco, una a una, imágenes de un pasado que ahora me parece muy distante. La caja pertenecía a mi suegra, que acaba de morir, y estoy examinando sus pertenencias, para determinar qué hacer con ellas. Las fotos... Aquí hay una vista de la playa, desde nuestro terreno en Mismaloya. Jim se la ha de haber mandado a su madre cuando nos conoció y nos pidió quedarse a vivir con nosotros. Ese fue el inicio de todo.

Efrén y yo habíamos ido a parar a esa playa remota de Jalisco tras varios años de navegar por movimientos estudiantiles, experiencias contraculturales, mares de alcohol y cerros de mota, en busca de una motivación para existir. La borrascosa marea de los setenta nos arrojó a esa playa, donde mi mamá tenía un terrenito. Aquí estamos los dos, jóvenes y desafiantes: la melena y la barba güeras de Efrén, tan desaliñadas como siempre; y yo, mirándolo como la boba que entonces era. El clima nos había sentado, la comida que ofrecían los pescadores era barata y no fue difícil improvisar una palapa y conseguir una hamaca...

Poco a poco nos fuimos acostumbrando a vivir ahí. Yo trabajaba de recamarera en los hoteles del puerto y Efrén vagabundeaba por los bares de los mismos, procurando que los turistas le pagaran una copa. Así conoció a Jim: esa noche me llegaron los dos a la palapa, ahogados de borrachos.

Jim era amable, dócil y siempre estaba de buen humor. Era gay, pero eso no impidió que se hiciera el mejor camarada de Efrén. A veces desaparecía dos o tres días, pero siempre volvía con nosotros. Pienso que la amistad con Efrén se sustentaba sobre todo en que Jim recibía puntualmente una pensión de su madre, e incluso en que ella respondió positivamente cuando su hijo le pidió ayuda para construirse un bungalow en la playa, que en realidad se convirtió en dos, uno para él y otro para nosotros.

Por entonces Jim invitó a vivir con él a Mary Ellen, gringa como él. Había sido sirvienta en Kansas, en la casa de Jim y desde entonces ella lo seguía adondequiera que fuera. Jim le confió a Efrén que ella lo había cuidado más que su madre, e incluso había solapado su afición por la mota. Era mayor que nosotros y el hecho de que le faltaran dientes le hacía parecer anciana. Aquí está en una foto conmigo; aficionado a la fotografía, Jim no cesaba de acosarnos con su cámara.

Realmente agradecí la compañía de Mary Ellen. Ya no estaba en disposición de reventarme todos los días, y su apoyo para sembrar una hortaliza y poner una pequeña tienda de abarrotes mejoró nuestra economía y me permitieron dejar el trabajo en los hoteles.

Nuestra playa era cada vez más concurrida. También fue de Mary Ellen la idea de hacer un parque para tráileres. La cuestión era cómo conseguir el dinero. Jim no estaba seguro de que su mamá le facilitara una cantidad tan grande. Podía costearlo, pero sospechando cuál era la orientación sexual de su hijo se resistía a darle grandes cantidades, suponiendo que las emplearía para sostener sus vicios.

Discurrimos que la mejor manera de lograrlo era que Jim y yo nos casáramos... Por aquí ha de estar la foto de nuestra boda: en el Registro Civil, los novios adelante y atrás los testigos, Efrén y Mary Ellen. Mandamos los papeles a Kansas City junto con el presupuesto del tráiler park y ya no hubo problema.

Pero cuando dices una mentira, y además ésta es muy grande, lo difícil es mantenerla. Así, cuando quedé embarazada nos preguntamos qué hacer. No había peligro de que mi suegra, conservadora y sedentaria, viniera a visitarnos; y alejados como vivíamos tampoco había riesgo de que alguien nos cuestionara, así es que registramos a Jaimito como nuestro hijo legítimo, de Jim y mío. En el fondo yo también pensé que de esta manera el niño podría tener mejores oportunidades en el futuro. Así, nuestra vida comunitaria se deslizó tranquilamente durante varios años; y para probarlo aquí están las fotos de Jaimito en brazos de toda la familia, dando sus primeros pasos, jugando en la playa, trepando a una palmera...

Después de que Jaimito cumplió seis años, Mrs. Conway, mi suegra, pidió que se lo lleváramos a Kansas para conocerlo. No estábamos como para desoír su petición: la afluencia de turismo había atraído a la competencia y no se contaba con la ayuda de los hombres de la casa. Además, puesto que los años de vagancia y abandono habían dejado a Efrén y a Jim impresentables, me resigné a llevar yo sola al niño a los Estados Unidos.

—Trata de sacarle a la vieja una buena tajada —me dijo Efrén a manera de despedida.

Finalmente aterrizamos en Texas. En migración, el guardia que revisó nuestros documentos, al ver la rubia cabellera del niño, volteó a verme y me dijo:

—Así es que el niño viaja con su nana.

—Soy su madre —repuse.

Afuera nos esperaba el chofer, que nos condujo a la residencia de Mrs. Conway en los suburbios de la ciudad. El largo viaje y el calor habían cansado a Jaimito, y tras las presentaciones de rigor su abuela lo condujo a su recámara para que descansara. Le mostró varios juguetes y parecía muy interesada en que le gustaran. Después de meterlo en la cama salimos de la habitación y la señora me despidió:

—Si quieres cenar algo, Clarisa te servirá y luego te mostrará tu habitación. Buenas noches.

Cené en compañía de la cocinera y luego nos retiramos a descansar. Mi cuarto estaba en otra ala de la casa, junto al de Clarisa,

Al día siguiente mi suegra nos presentó a Felicity, a quien había contratado para ser la niñera del niño.

—Pero si sólo estaremos unos días —alegué, pero la señora no me respondió.

Fuimos de compras, y la señora Conway adquirió todo un guardarropa para Jaimito y añadió nuevos juguetes. De vez en cuando preguntaba por Jim; sobre su salud y si seguía tomando fotografías, pero me pareció que más bien lo hacía por cortesía. Terminamos la tarde en un parque de juegos mecánicos, en donde el niño se divirtió de lo lindo. Nunca había estado en uno.

Al día siguiente el chofer nos condujo a un edificio muy grande y bajamos a conocerlo. En el interior me di cuenta de que se trataba de una escuela, con buenas instalaciones: las aulas, el comedor, la sala de música… Terminado el recorrido la señora le preguntó a Jaimito.

—¿Te gustaría venir a esta escuela? —y volteando hacia mí continuó— apuesto a que en tu pueblo no tienen una igual.

No contesté pero más tarde, en la casa, Mrs. Conway retomó el tema.

—Supongo que ya te diste cuenta de las ventajas que tendría Jaimito si se quedara a vivir conmigo…

–Sí –acepté– pero nosotros no estamos acostumbrados… no es nuestro ambiente…

–No, ya lo sé –confirmó– ustedes podrían seguir haciendo lo que les gusta y quizás venir a visitarnos, una vez al año o algo así… además, yo estaría dispuesta a darles una buena cantidad de dinero… podrían poner allá un bar, o cualquier cosa que les guste… piénsalo y luego me respondes…

Y salió, dejándome muy preocupada. No pude dormir en toda la noche, pero me hice el ánimo de enfrentarla al día siguiente. La encontré saliendo de su recámara. Le pregunté por Jaimito y me dijo que lo había mandado al parque de diversiones con la niñera. Traía un trenecito en las manos y me dijo mostrándolo:

–¿Crees que le gustará a Jimmy? –así había empezado a decirle al niño.

Fui directamente al grano: regresaría a México con mi hijo de inmediato. Sólo que Mrs. Conway no estaba dispuesta a aceptar una negativa. Mientras yo rehusaba el trato de dejarle a mi hijo, ella enumeraba las oportunidades que podría ofrecerle si lo dejaba a su lado y me hacía sentir mal. En efecto, ¿qué podía ofrecerle allá, en un rincón perdido de México? La discusión fue subiendo de tono hasta que desesperada, tuve que gritarle la verdad:

–Lo que usted no entiende es que él no es su nieto. Su hijo es gay, y sólo simulamos casarnos. ¡Jaimito es mío y de mi compañero!

No se sorprendió y repuso:

–Ya sé que la historia que me contaron no es cierta… ¿crees que no los hice investigar? Siempre supe la verdad que había atrás de cada una de las fotografías que me mandaban. Pero eso no importa. Lo que no entiendes es que el niño es ciudadano norteamericano y aquí las leyes lo defienden. Si las autoridades investigan la clase de vida que llevan ustedes, me darán sin duda su custodia… Mañana mismo pondré una denuncia y el niño no podrá salir del país. Tú, puedes irte cuando quieras. Y ten –terminó entregándome el juguete– dáselo a Jimmy como regalo de despedida.

Furiosa, lo arrojé al suelo, desquité mi ira y fui en busca de Jaimito…

–Fue un accidente –le conté a la policía– yo había ido al parque por Jaimito y cuando regresé me encontré con la noticia. No mencioné la discusión con mi suegra, y ellos dijeron que aparentemente había tropezado con un juguete y caído escaleras abajo.

Jim y Mary Ellen vinieron al sepelio de Mrs. Conway. Pasado el susto, después del funeral, les comenté las intenciones de la señora Conway de despojarme de mi hijo y el altercado que habíamos tenido.

–No me extraña –dijo Mary Ellen– hiciste bien en defenderte.

Yo no podía dejar el país mientras no terminara la investigación, pues si bien se aceptaba que la muerte de mi suegra había sido accidental había formulismos legales que cumplir. Mientras tanto Jim decidió que ocupara la recámara que había sido de su madre, para que estuviera cerca de Jaimito.

Sigo rebuscando en la caja de cartón. Encuentro fotografías más antiguas. Un niño, seguramente Jim cuando era pequeño, juega en los amplios jardines de la residencia; monta un pony con gesto temeroso; apaga las velas de un pastel de cumpleaños… Tocan a la puerta: es Mary Ellen; le enseño mi hallazgo. Conmovida, mira las fotografías y rompe a llorar.

–Sí –confirma– es Jim, mi James. –Luego aclara– cuando la señora Conway pidió conocer a Jaimito sabíamos lo que iba a pasar. Yo no fui tan valiente como tú. Yo le cedí a mi hijo: ella no los podía tener. Pero lo arruinó: lo consintió demasiado y luego trató de corregirlo con mano dura. Ahí lo tienes: inseguro, sin carácter, bueno para nada. Cayó en el vicio y yo lo seguí en su caída. Me conformo con acompañarlo… Ahora somos libres. Puedes quedarte con nosotros, o regresar con Efrén, o te ayudaremos a empezar una nueva vida con tu hijo: lo que quieras…

Quizás ahora pueda empezar a vivir una historia verdadera.

Mal de ojo

Cuando era niña odiaba ir a la escuela, donde mis compañeras me despreciaban por ser la hija de la bruja. En cambio me encantaba acompañar a mi madre al campo, a recoger las hierbas necesarias para sus remedios. Mientras ella se ocupaba en recolectarlas, yo podía buscar a la orilla del río lombrices, gusanos y ocasionalmente un renacuajo: golosinas con las que consentía a Xólotl, mi mascota.

Xólotl estaba en casa desde antes de que yo naciera. Según mamá, había decidido criarlo cuando sólo era un pececito gris y viscoso, acurrucado la mayor parte del tiempo en el fondo de su frasco lleno de agua, el cual tenía que limpiar cada semana.

Con el tiempo le salieron cuatro patitas y una especie de tres de cuernos rojos a cada lado de la cabeza. La cola se hizo alargada como la de las lagartijas y en su cara se agrandaron los ojos sin párpados, con los que me miraba fijamente. Yo me preguntaba cómo podría dormir, pero a él no parecía preocuparle: su boca lucía una sonrisa perenne.

Por casa desfilaba la mayor parte de las señoras del pueblo, para consultar a Doña Brígida, mi mamá. Unas, porque ellas o sus hijos tenían alguna enfermedad que mi madre atendía con las infusiones y cataplasmas que preparaba; otras, porque sospechaban que alguien las había embrujado y venían a que les hiciera una limpia. El remedio más socorrido para curar enfriamientos, catarros, carrasperas y hasta tosferina era el jarabe de ajolote, y la presencia de ese animal en casa garantizaba la procedencia del menjurje, pero en realidad mamá lo preparaba con hierbas. En caso de maleficios, lo más indicado eran las friegas de pirul y las limpias con huevo de gallina negra.

No creo que mi madre fuera mal vista en la comunidad, pues tenía un papel importante para quienes no podían atenderse en clínicas o con médicos particulares; pero el cura y algunas autoridades la evitaban, lo que nos mantenía en cierto aislamiento. El equilibrio se rompió la primera vez que Amadita vino a mi casa.

Amadita y yo estábamos en cuarto año de primaria cuando su mamá la trajo porque sufría unas fiebres malignas. Mientras la mía preparaba la medicina y platicaba con la de ella, Amadita miraba lo que teníamos arrumbado por los rincones: manojos de ajo atados con una cinta roja, los cascabeles de algunas víboras, haces de hierbas secas, velas negras y estampas religiosas. Yo la llevé a que conociera a Xólotl. Hincadas ante la mesa donde lo teníamos, ella lo contempló temerosa:

—¿Está vivo?— preguntó.

—Sí —le dije— puede permanecer horas sin moverse, pero ahora lo despertamos.

Traje una lombriz que había reservado para su almuerzo y tomándola de un extremo la introduje en el agua. Xólotl despertó de su letargo y la devoró de un bocado. Amadita hizo un gesto de repugnancia.

—¡Aggh, come lombrices!

—También caracoles y cucarachas —añadí—, pero sus favoritos son los corazones de pollo. Mi mamá me deja dárselos.

Xólotl se había acercado a la superficie y nos miraba esperando otro bocado. Yo lo saqué del agua y lo aproximé a Amadita.

–¿Quieres cargarlo? – ofrecí poniéndolo en su regazo.

Ella gritó aterrada:

 –¡Mamá, mamá! –y rompió en sollozos.

–Se asustó con Xólotl –les expliqué cuando acudieron a sus gritos.

La cosa no pasó a mayores, pero al día siguiente, en la escuela, el relato que hizo Amadita del incidente, corregido y aumentado al pasar de voz en voz, me hizo objeto de burlas y repudio. En el recreo nadie quiso jugar conmigo. En cambio Amadita era solicitada hasta por las de sexto, para que les contara su experiencia: Les decía que yo jugaba con una especie de diablito con cuernos. Le reclamé y nos jalamos de los pelos. Yo gané, pero las demás me hicieron el feo. A partir de entonces todas se alejaban de mí, cuchicheando: "No la veas, te puede hacer mal de ojo".

Por esos días vino a visitarnos mi tío Francisco. Mi mamá me dijo que era hermano de mi papá, a quien yo no conocí pues había muerto. Al principio me cayó bien, pues las tardes en que venía me daba unas monedas y mi mamá me dejaba ir al pueblo, a gastarlas en la tiendita.

–Dile a doña Tomasa que te dé un veinte de tenme-acá –me decía mamá sonriendo.

Yo iba muy contenta, me compraba unos cacahuates garapiñados o un acitrón y me sentaba en una banca del parque a comerlos, mientras veía a las ardillas alborotando en los árboles. Cuando me cruzaba con alguna de mis compañeras ellas fingían no verme o se cambiaban de acera.

Un día regresé temprano de la tienda y me percaté que el tío Francisco había encerrado a mi mamá en la recámara y parecía que le estaba pegando. Oía cómo él la aventaba sobre la cama, que rechinaba bajo su peso; y ella se quejaba suavecito. Desconcertada, no sabía qué hacer y me quedé escuchando en silencio, hasta que los quejidos de mamá subieron de tono. Entonces le hablé y se hizo el silencio. Después salieron del cuarto, como si nada hubiera pasado. Desde entonces empecé a desconfiar de él.

Siguieron mandándome al pueblo, pero mi mamá empezó a aprovechar mi viaje para que le hiciera mandados: "Llévale este remedio a doña Panchita" o "que te preparen esta pócima en la botica", con lo que demoraba más en regresar.

Un día que mi mamá estaba ocupada haciendo una cura y el tío Francisco la esperaba en el patio, salió a mi encuentro y me dijo:

–¡Pero qué bonita te estás poniendo! –mientras me acariciaba el pelo y me pasaba un brazo por el hombro, atrayéndome hacia sí– Acompáñame al corral, a ver si ya pusieron las gallinas– propuso.

Yo me zafé, y sin decir nada entré corriendo a la casa. Gracias a mi ojo de venado, no me pasó nada. Fui a refugiarme con Xólotl, que me miraba con ojos asombrados.

Llamaron a la puerta, y al abrirla me encontré nada menos que con Amadita y su madre. La señora había venido a que le hicieran una limpia. Se desnudó de la cintura para arriba, esperando a que la azotaran con ramas de pirul.

–Ustedes dos, vayan a jugar al patio –, nos ordenaron.

Obedecimos. Nos quedamos un rato en silencio. Luego, Amadita me dijo:

–Perdóname por haber hablado mal de ti. Es que el ajolote me asustó mucho, pero ya me dijeron que es incapaz de hacer daño.

«Sí, que fácil –pensé–. Si te perdono tú te quedarás tranquila; pero no por eso volverán a hablarme».

Le dije que estaba bien, de mala gana. En esto que llega el tío Francisco y pregunta por mi mamá.

–Está ocupada –respondí–. No puedes entrar.

Entonces invité a Amadita:

–Vamos al corral. Las gallinas tuvieron pollitos.

La mayoría eran amarillos, pero había un par de ellos negros.

–Voy a traer maíz– anuncié–. Espérame tantito.

Salí y me quedé viendo al tío Francisco. Luego me fui al río, donde me entretuve cazando escarabajos y chapulines para Xólotl.

Cuando regresé a casa me preguntaron dónde estaba Amadita.

–No sé –contesté–. Creo que fue al corral a ver a los pollitos.

Ahí estaba, con la ropa hecha pedazos y la mirada perdida.

No volvimos a saber del tío Francisco. En cuanto a nosotras, mi madre pasó a ser la bruja y la gente sigue diciendo que yo le hice mal de ojo a Amadita.

A ras de suelo

Una muchacha cruza la pista de baile. Calza zapatillas rojas de tacón alto, sujetas al tobillo por cintas de cuero del mismo color. Algunas parejas le abren paso y de la fila de hombres que circundan el espacio surgen murmullos de aprobación y uno que otro silbido admirativo. Las zapatillas se detienen ante una mesa de pista ocupado únicamente por otra chica, con tenis un tanto deslucidos. La recién llegada saluda:

–¡Quihubo! ¿Tienes mucho esperándome?

–Un rato. Me vine al terminar el turno.

–¿Y no has ligado?

–No mana, ¿cómo crees? Estoy esperando al Beto y si me encuentra ocupada, ¡la que se me arma!

– Yo tuve que quedarme en la fábrica para hacer un par de horas extra. Me lo pidió don Jorge, ya sabes: nada más quería quedarse solo conmigo. ¡Pero no se le hizo! En cambio a mí me caen bien unos pesos más. Y luego fui a cambiarme…

–Sí, vienes echando tiros.

–¡Pero estoy muerta! ¡Toda la semana en la maquila, parada, dando pasitos de aquí para allá para conectar en el motor pinches cablecitos de colores, uno tras otro, hora tras hora, casi sin descansar!

–¡Ni modo, mana, hay que aguantar! Bien que nos fregamos pero luego ¿qué tal? Viene la raya y nos podemos venir a desquitar aquí, a echarnos un buen trago y un bailongo ¿A poco no?.... Y a propósito, vamos a revisar al personal disponible…

Ante su mirada se despliegan distintas posibilidades: un joven de jeans y tenis, un grupo con botas vaqueras, algún oficinista con bostonianos, trabajadores con zapatos desgastados y sin lustrar…

–¡Ya, mensa, no seas tan descarada! – dice la de zapatillas. – ¡Se van a dar cuenta de que los estás viendo…!

–El más cuero es el de trajecito… ¿Ya viste? ¡Ya se dio cuenta!

El aludido frota sus zapatos en la parte de atrás de su pantalón y se dirige hacia su mesa

–¡Ay, Dios, y ahora viene para acá!– concluye la de la voz.

El hombre saca a la de zapatillas rojas a bailar, mientras su compañera lleva con el pie el compás de la música. Un momento después un par de botas deslustradas se acerca a la mesa.

–¡Quihúbole, mi reina! Ya llegó tu pior es nada.

–¡Ay Beto! Yo creí que ya no venías.

–¡Cómo crees! Es que tuve que hacer una dejada más allá del bordo. Pero orita nos ponemos al corriente. ¡Hey tú, tráime unas chelas!... ¿Bailamos?

La pareja abandona la mesa, que queda sola unos momentos, luego regresan las zapatillas rojas. Aún sentada lleva el ritmo de cumbia con los pies. Se le acercan unos botines blancos, con un pequeño tacón, como de bailarín. El pantalón también es blanco. Tras unos instantes, la pareja sale a la pista de baile. Sus pasos son precisos y fantasiosos. La gente sigue sus evoluciones, que llaman la atención de las otras parejas. Algunas se detienen a verlos. Se escuchan palmas que llevan el ritmo. Exclamaciones eufóricas. De pronto, en medio de un paso muy intrincado, el botín blanco da un pisotón a la zapatilla roja. Un grito de dolor. La chica levanta el pie para frotárselo y luego, cojeando, abandona la pista de baile. El de botines blancos la sigue disculpándose.

Sentada, cruza la esbelta pierna y se frota con las manos el pie. Se quita el zapato para masajearse mejor. El mesero deposita unas cervezas en la mesa y se retira. Ella se incorpora y echa hacia atrás su cabellera, que le cubre la espalda. Con los movimientos se le ha subido la falda y al darse cuenta de que es observada, la baja nerviosamente y procede a calzarse.

Ahora se le acerca un par de botines negros. La interroga:

– ¿Está usted bien?

–Sí, muchas gracias, no se preocupe.

–¿Está usted sola?

– No, mi amiga, por ahí anda.

–¿Quiere bailar?

(Molesta): –No, gracias.

–¿Un trago?

(Cortante): –No.

–¿Me permite sentarme?

–Por favor, ¡déjeme sola!

En ese momento regresan sus amigos. Reparan fuerzas con unos tragos de cerveza. Luego, la chica pide a su amiga:

–Acompáñame al baño, manita.

La de zapatillas rojas, ante el espejo, se retoca el maquillaje. Desde dentro de un cubículo su amiga le pregunta:

–¿Y cómo la estás pasando?

–¡Pus de la patada, güey! Primero, un pendejo me pisó bailando; y luego que me sigue un tipo de lo más siniestro. Me dio mala espina…

–Pues a mi chavo, yo no le pongo pero… Pero ¡No deja las manos quietas y me da unos apretones que me deja sin respirar…¡Ay, güey! ¡Se me hace que a mí también me van a pisar!

Ríen.

Fuera del baño, el hombre de botas negras está al acecho. Escucha las risas y se esconde tras una columna. Espera que las muchachas salgan y las sigue con la vista.

De vuelta a la mesa, y tras otras rondas de cerveza y algunas incursiones a la pista de baile, la amiga le dice a su compañera:

–Dice Beto que no te podemos llevar a tu casa. Nos vamos a quedar por aquí, en un hotelito...

–Está bien –le responde– yo me voy en la pesera.

Ante la parada de peseros se reúne un grupo que espera el transporte, al que se une la de zapatillas rojas: hay una mujer humilde que carga un bulto, tres obreros, una mujer con un niño de la mano, que cuelga semidormido. Cuando arriba el microbus, el grupo se arremolina frente a la puerta. La señora y el niño suben. La de zapatillas rojas pregunta

–Perdone, ¿Llega a Lomas de Poleo?

Y al recibir una respuesta afirmativa sube. Encuentra lugar en la parte trasera. Otros pasajeros se van acomodando. En tanto, la señora del bulto batalla para subir. El último en subir es botas negras: sus pies se esconden tras el bulto...

Alguien se levanta y va hacia la puerta trasera. Hace sonar el timbre y baja del transporte una vez que éste se ha detenido. Después de que varios de los viajeros se han apeado, la de zapatillas rojas se levanta y solicita bajar mediante el timbre.

Es noche cerrada, en medio de un llano. Ella desciende y empieza a caminar hacia unas luces que brillan a lo lejos. Se escuchan aullidos de perros y el viento que silba en torno a algunos escasos árboles. A sus espaldas, el vehículo se aleja, pero de pronto frena y alguien sale de éste apresurado. La sigue. La de zapatillas rojas intenta continuar su marcha, pero su calzado no es el más indicado para caminar sobre ese terreno. Se detiene un momento y se descalza. Mientras lo hace, se da cuenta de que alguien viene tras ella... Lleva las zapatillas en la mano; apresura el paso y su perseguidor corre a alcanzarla. Ella tropieza, las piedras la lastiman. Jadea, de cansancio y de miedo. De pronto cae en una zanja, rueda por el talud. Él llega al borde del socavón; desde abajo se ve enorme. Desciende de dos zancadas. Ella encoge las piernas y extiende las manos hacia adelante, en ademán de protección. Grita. Está sobre ella. Lucha por desasirse. Atina a golpearle la cabeza con el tacón de la zapatilla. Él enfurece; la golpea hasta que ella pierde el sentido.

En el servicio médico forense una pareja de médicos se afana sobre un cuerpo inánime. Se les incorpora un agente, que pregunta:

– ¿Otra vieja asesinada?

– Sí.

– ¿Igual que las otras?

– Igualito.

–Chin…

El médico forense dicta sus conclusiones:

–…se levantó el cuerpo de una persona de sexo femenino, de entre 25 y 30 años de edad; un metro cincuenta de estatura, tez morena y cabello largo, quebrado, negro; muestra escoriaciones y magulladuras en todo el cuerpo, particularmente en el cuello. Aparentemente murió por asfixia. Antes de morir fue atacada sexualmente, y el pezón izquierdo le fue arrancado con violencia, quizás a mordidas…

El agente no espera a que concluya el informe. Se acerca al cuerpo, a cuyos pies se encuentran jirones de ropa y las zapatillas rojas. El agente las levanta y dirige sus pasos hacia a la salida. Le preguntan:

–¿Y a ti que te pasó en la frente?

–Nada, me pegué…

Zapatillas en mano se dirige a un almacén mal iluminado. Anaqueles polvorientos, cajas y papeles en desorden y en un rincón un montón de zapatos de mujer. El agente las arroja encima de la pila y, desdeñoso, les da la espalda...

Infancia rota

Su madre la despertó cuando todavía estaba oscuro. No tuvo que vestirse, pues siempre dormía con la ropa del día anterior y en raras ocasiones podía cambiársela. Desayunó con avidez el plato de frijoles, las tortillas duras y dio un sorbo al café antes de emprender el viaje. Rosita se alegró de poder salir porque generalmente, cuando su madre tenía que ir a trabajar, la dejaba encerrada en la casucha que habitaban. Caminaron más de media hora por las veredas, que no calles de su colonia, para luego esperar a que pasara el destartalado vehículo colectivo que las trasladaría a la ciudad.

Un par de horas después descendieron del transporte: estaban ante una pequeña unidad habitacional. Cuatro edificios de varios pisos, con estacionamientos a los costados y un patio central común, con algunos árboles y bancas. Le hizo acomodarse en una de ellas, le dijo "Pórtate bien" e inició la retirada. Se alejó unos pasos y luego, arrepintiéndose, regresó y le dio un abrazo. Rosita sintió que su mejilla se humedecía. ¿Por qué lloraba su mamá?

Al quedarse sola examinó el lugar, todavía desierto. Sólo allá, en el otro extremo, se afanaba un anciano jardinero arreglando algunos arbustos. Al cabo de un rato, algunos habitantes del condominio desfilaron, solos o en grupos, hacia sus automóviles para alejarse del lugar. No tenía miedo. Su madre se encontraría en alguno de los departamentos haciendo la limpieza; en ocasiones regresaba a verla y le traía alguna golosina.

Un par de horas después alguien se acerca a su banca con paso lento. Es un niño un poco mayor que ella, se detiene y la saluda:

–¡Hola!

Ella lo ve y no contesta. El niño insiste:

–¿Qué haces ahí?

–Nada,

Entonces la invita:

–¡Vamos a los juegos! –dirigiéndose hacia unas estructuras metálicas. El chico trepa por ellas con agilidad y, deteniéndose con las piernas, se coloca boca abajo. Rosita, tímidamente, sólo sube dos peldaños y se queda ahí, un poco temerosa. Él pasa de un lado a otro de las barras paralelas, se eleva a pulso sobre ellas y hasta ensaya una que otra maroma para desprenderse y caer parado. Rosita lo observa divertida. Después de un momento, la reta:

–¡A que no me alcanzas! –, y emprende la carrera. La niña lo sigue, tan aprisa como se lo permiten sus piernitas. Llegan a donde está el jardinero.

–¡Hola, Benjamín! –lo saluda el viejo.– ¿Por qué no estás en la escuela?

–Estoy de vacaciones.

–¿Y no vas a ir a la playa?

–No, mi mamá tiene que trabajar y dice que no tenemos dinero.

–¿Y esta niña?

–No sé. Estaba en el patio.

–¿Cómo te llamas? –le pregunta.

–Rosita.

–¿Y cuántos años tienes?

–Cuatro –dice la niña, enseñando cuatro dedos.

–¡Y yo ocho! –exclama Benjamín, orgulloso.

–¿Y tu mamá?, interroga el hombre a Rosita.

–Fue a trabajar.

–¿No sabes a qué departamento?

Rosita se encoge de hombros.

–Bueno –los despide el viejo–, vayan a jugar.

Benjamín se aleja corriendo y Rosita lo sigue. El da vuelta a un árbol y ella intenta alcanzarlo. Pierde el pie y cae sobre el lodo. Se levanta apenada y contempla sus manos sucias.

–Ven –le dice Benjamín–, vamos a lavarlas.

La conduce a su departamento y dentro, al baño. Un baño enorme, como Rosita nunca ha visto. Como la niña no alcanza las llaves del lavabo, Benjamín la acerca a la tina para que se lave. Después van a la sala y el niño descuelga el teléfono, para ver si hay algún recado. Es su madre la que habla:

–"Ben, mi vida –le dice en el mensaje grabado– no voy a poder ir a comer. Si tienes hambre, en el refrigerador hay pizza. Nos vemos en la tarde. Besos, cariño…"

Van a la cocina. Benjamín saca la pizza del refrigerador y la calienta en el microondas. Sirve refresco y comen en silencio. Después van a la sala y encienden la televisión. Benjamín saca su tableta y se sumerge en un juego electrónico. Rosita examina la habitación y su vista se detiene en una fotografía: una mujer con un bebé en brazos. Piensa «¿Y si mi mamá regresa y no me encuentra?» Rompe a llorar.

–¿Qué tienes? –se extraña el niño.

–¡Mi mamá! –dice ella entre sollozos.

–Vamos a buscarla–, la consuela Benjamín.

Regresan al patio, a la banca donde se encontraron. Hay más animación, las familias regresan para hacer sus comidas. Contemplan el movimiento un rato, pero la madre de Rosita no aparece. Poco a poco se restablece la calma. Rosita ha contagiado su congoja a Benjamín. Cuando llega un coche, cuando oyen un ruido, voltean inquietos. Nada. Al cabo de un rato los descubre el anciano jardinero:

–¡Quiubo! ¿Qué hacen ahí?

–Esperando a la mamá de Rosita, explica el niño. Rosita suelta el llanto.

–¡Qué raro! – dice el hombre–. Me parece que ya todas las muchachas se fueron… Esperen, voy a dar una vuelta.

Se introduce en un edificio y al cabo de un rato en otro. Al terminar su ronda regresa y les dice:

–¡No hay nada! Esperen aquí, voy a ver al administrador para ver qué hacemos.

El jardinero y el administrador acompañan a los niños mientras esperan la camioneta de Servicios Comunitarios que llevará a Rosita al refugio para menores. Mientras el administrador habla con la trabajadora social, Benjamín le dice al jardinero:

–¡No quiero que se la lleven!

–Ahí va a estar bien –le asegura éste.

Rosita, con la mirada baja, tiembla sin control. Buscando protección, le da la mano a Benjamín. La trabajadora social los separa sin contemplaciones y la hace subir a la camioneta. Benjamín, impotente, ve cómo el vehículo se aleja con la niña, bañada en lágrimas.

–Es tarde, – le dice el jardinero a Benjamín– ya vete a tu casa.

Hay un nuevo mensaje en la contestadora del teléfono:

–Cariño –le dice su madre–: voy a ir al cine con unas amigas. Cena y acuéstate como niño bueno y mañana te llevo a la feria, ¿quieres?

«¿Y si mamá no regresa? –piensa Benjamín– ¿También vendrá por mí la camioneta?»

Canelo

obrecito Canelo! –Le digo abrazándolo por el cuello y acariciando su pelaje color miel.– ¡Cuánto debes extrañar a tu ama, que te sacaba a pasear, te daba bocadillos y siempre estaba dispuesta a jugar, aventándote una pelota!... Me mira con tristeza y luego se echa al lado de mi silla de ruedas.

«Pinche perro sarnoso –piensa Juliana– ahí estás de lambiscón, pero ya verás: te quitaré lo culero».

De mala gana le sirve unas cuantas croquetas en su plato de aluminio.

–...Recuerdo cuando estabas chiquito. Fuiste el último de una camada de cinco, el más miedoso y enclenque. Los otros se abalanzaban sobre las tetas de tu madre y a ti ¡quién sabe qué te tocaba! A los demás los regalamos, pero nadie te escogía, por eso te quedaste con nosotros. Cuando los hijos se fueron nos hiciste compañía, sobre todo a María, pero ahora sólo quedamos tú y yo...

«¡Cinco años fregándome para tener contenta a doña María! Que hay que ir al mercado...Sacar la basura... Planchar la ropa... Hay que darle de comer al perro... ¡Pero al fin nos dejó en paz!...

Al menos atendía al viejo, pero ahora tengo que seguir taloneando para cuidarlo; pero bueno, vale la pena… ¡Ah! Por cierto, tengo que hacer que firme los papeles…»

Hace días que no encuentro mi reloj. Lo busqué en la recámara y también me parece que falta el alhajero de mi esposa. Le pregunto a Juliana si los ha visto y me reclama furiosa:

—Seguramente usted los tomó y los puso en otro lado. Ya ve que todo se le olvida. A ver ¿qué andaba buscando el otro día en el tocador? ¿Quién rompió el frasco de perfume de su esposa?

Ya no tengo fuerzas para protestar. Sólo quiero que me dejen dormitar en paz, bajo los rayos de un sol que cada vez calienta menos… ¡Ah, pero es cierto! Me gustaba recordarla arreglándose y al mismo tiempo envolverme en su aroma… Ahora también su perfume se ha ido. En todo se siente su ausencia.

Tuve que darle un poder a Juliana para cobrar mi pensión y arreglar otros asuntos. Dinero. Se necesita el dinero para que la vida siga transcurriendo. Pero me extraña que desaparezcan más cosas: el reloj de pared, las figuritas de porcelana que coleccionaba María en las vitrinas de la sala, en fin… Todo se va desvaneciendo, sólo quedan algunos recuerdos… ¿Te acuerdas de ella, Canelo?...

Juliana me ha dicho que nos mudaremos a una casa más pequeña; porque ésta le da mucho trabajo; que le cuesta ayudarme a subir al dormitorio; que Canelo ha destrozado las plantas del jardín y no tiene quién le ayude… ¡Qué más da!

«Este no ha perdido sólo la memoria, sino que creo que también la razón. Parece que no se da cuenta ni de dónde está…»

Nos hemos cambiado no sólo de casa, sino de pueblo. El espacio es más chico, pero al menos tiene un patio donde Canelo y yo podemos tomar el sol. A mí no me importa el cambio, pero Canelo parece inquieto: da vueltas y vueltas antes de encontrar una posición adecuada para dormir. ¿Será el cambio o será ese hombre que ahora ronda por la casa? Le pregunto a Juliana quién es y me dice que su esposo, que ha venido a ayudarnos con la mudanza. Pero en la casa no hay mucho ajetreo, y el hombre se la pasa cavando junto a la barda, al fondo del patio…

Todavía no traen mi cama y duermo en un catre desvencijado. Anoche tuve mucho frío. Canelo también, porque estuvo gimiendo largo rato. En la madrugada sentí un agradable calorcito entre las piernas… Sólo que Juliana se va a enojar conmigo…

«¡Otro meón! No, si me tienes harta, animal del demonio. Como es casa nueva crees que puedes andar marcando tu territorio por todas partes. ¡Así es que te me largas! ¡Sácate de aquí! ¡A ver quién te aguanta!…»

– ¡Juliana! ¿No has visto al Canelo?… Qué raro, ya debería estar aquí, acompañándome…

¡Pobrecito Canelo! Ha de andar perdido. Dice Juliana que se salió a la calle y ha de vagar por ahí… Lo malo es que somos nuevos aquí, y no ha de saber regresar. Juliana salió a buscarlo, pero ya está anocheciendo y no ha vuelto…

El hombre sigue escarbando junto a la barda del patio. Le grito pero no me hace caso. Estoy solo. Canelo ya no está. ¡Pobre Canelo!

El corredor de la muerte

No es que tenga miedo de la muerte: ya nada me retiene en este mundo. Es el horror al tránsito violento de la vida a la nada lo que me atormenta. La última apelación me ha sido negada. Me quedan setenta y dos horas de vida… Pero ya nada importa. He esperado tanto que unos días más no harán ninguna diferencia.

Me han dicho que el condenado a muerte es atado a la silla con un electrodo en la cabeza y otro en la pierna, para aplicarle dos choques eléctricos. El primero sirve para romper la resistencia inicial de la piel y causar inconsciencia. La segunda descarga, de mayor intensidad, puede hacer que el cuerpo alcance temperaturas mayores de 60 grados, y el flujo de la corriente eléctrica causa daños graves a los órganos internos. Todo el organismo colapsa. Así finalmente se borrará ese pasado que me esfuerzo por olvidar.

No habrá nadie que lo lamente o me extrañe. A menos que las aves puedan hacerlo. ¿Me extrañará mi canario? Pobrecito, ¡qué solo se quedará! … Aunque él eligió su destino: un día entró volando por la ventana de mi celda y cayó extenuado a mis pies. Lo cuidé y se acostumbró a mi compañía, tanto como yo a la suya, al grado de tener que improvisar una pequeña jaula para evitar que, una vez repuesto, escapara.

Esa primavera ensayó unos tímidos gorjeos, pero al poco tiempo enmudeció. No obstante, aceptó comer algunos mendrugos en la palma de mi mano; y nos pasamos las horas frente a frente meditando, rumiando los mismos pensamientos. Ensayamos pequeños paseos a través del minúsculo espacio disponible y volvemos nuevamente a la inmovilidad.

En eso estaba, en medir la longitud del silencio, en apreciar el peso de la ausencia cuando, al volver la vista a uno de las cuatro esquinas de mi celda la distinguí, envuelta en las sombras del atardecer: una niña pequeña, de no más de seis años, sentada en una sillita azul. Me devolvió la mirada interrogadora y, después de un momento, me sonrió con timidez.

–¿Qué haces ahí? –le pregunté y, como si fuera la cosa más normal del mundo, me contestó:

–Espero.

En efecto, aquí no se hace otra cosa que esperar.

Pasaron algunos minutos. La observé con más cuidado: su tez morena; su negro pelo cayéndole desordenadamente sobre los ojos; su humilde vestido, calcetines sucios y zapatos desgastados.

–¿Por qué estás aquí? –me preguntó y sentí cómo si el estómago se me encogiera. No me gusta hablar de eso, pero no quería ser descortés y me escuché decirle:

–Por los coyotes. Los coyotes nos atacaron.

–¿Qué son coyotes? –insistió.

–Son unos perros grandes y malos –expliqué.– Se comen a los conejos, a las ardillas y a otros animales. A veces, si tienen mucha hambre, también intentan comerse a los niños...

Ya no tenía remedio. Los recuerdos, tanto tiempo contenidos por diques de olvidos voluntarios y obstinadas negaciones, empezaron a fluir...

Las cosas habían ido de mal en peor. Las heladas y el mal tiempo se tradujeron en cosechas magras, del todo insuficientes para alimentar a los habitantes del caserío. El ganado, también desnutrido a causa de la sequía, tendía a diezmar. Los hombres empezaron a dejar sus propiedades al cuidado de las mujeres para ir a buscar trabajo en otros sitios, cada vez más distantes. Algunos, los menos, mandaban algún dinero. Otros sólo regresaban para dejar nuevamente preñada a su mujer, antes de tornar al viaje. Había de quienes no volvía a saberse más.

Clotilde me ayudaba en lo que podía. Cuidaba de la casa, la vaca y el huerto, además de atender a su madre, ya anciana. El trabajo era duro y nos ocupaba todo el día. Sólo unas horas de descanso separaban jornadas extenuantes. Aun así, debíamos racionar los alimentos, y en invierno sólo podíamos hacer una frugal comida al día.

Esa noche nos despertó el lastimero mugido de la vaca acosada por una jauría de coyotes hambrientos. Clotilde tomó una tea del fogón y yo mi vieja escopeta antes de dirigirnos al corral. Las fieras cercaban al animal y gruñían ferozmente. Al vernos, se dispusieron a atacarnos también. Abrían sus fauces para amenazarnos con sus agudos colmillos.

Lancé una nube de perdigones a la jauría, lo que les enfureció y se decidieron al ataque. Antes de emprender la carrera disparé una segunda vez. Clotilde y yo huimos con las fieras pisándonos los talones. Ella cayó, y yo me detuve a hacer un nuevo disparo. Esta vez un coyote se desplomó convulsionándose. Tras ésto, se dispersaron.

La vaca quedó malherida y no hubo manera de curarla. No podía tenerse en pie y su costado era una llaga viva. Preferimos sacrificarla. Pero era evidente que no podíamos seguir así. Una semana después fuimos a dejar a mi suegra al pueblo con otra de sus hijas, y emigramos al norte.

A mediodía penetran en la celda unos rayos de sol. Me coloco bajo ellos y siento cómo mi piel va respondiendo a su calor. De pronto, me doy cuenta de que no estoy solo: la niña ha regresado. Arrastra su sillita azul y se coloca a mi lado. Se sienta, y pone sobre su regazo una muñeca de trapo. Asume una actitud maternal y con toda seriedad le arregla el vestido y alisa su burda cabellera de estambre. Sin dejar su labor, pregunta:

–¿No han venido los coyotes?

–No –contesto–. Están muy lejos.

–¿No te dan miedo?

–Aquí no pueden hacerme nada.

Sigue repasando las crenchas de la muñeca.

–¿Cómo se llama tu muñeca? –demando con curiosidad.

–Cristina, igual que yo. Después de una pausa añade: –Y tu canario, ¿cómo se llama?

–No tiene nombre –respondo; y pienso: «Aquí nadie tiene nombre: ni los guardias, ni los presos. Yo mismo sólo soy un número, o "el del corredor de la muerte".»

Permanecemos en silencio algunos momentos. Después, es ella quien me interroga.

–Y a Clotilde ¿le dan miedo los coyotes?

La pregunta, inesperada, me deja sin aliento. Como puedo, respondo:

–Sí, le dan mucho miedo.

Clotilde nunca superó el episodio de los coyotes. O tal vez fue la travesía por el desierto lo que contribuyó a desestabilizarla. Fue un milagro que pudiéramos cruzar la frontera y llegar al otro lado. Tres días con sus noches nos tomó dejar atrás aquellas planicies desoladas, bajo el ardiente rayo del sol. Las últimas jornadas, sin agua ni alimentos…

Por las noches, a lo lejos, se oía el aullido de un coyote y Clotilde se aferraba de mi brazo, sin decir palabra. Yo sentía que temblaba como rama en la tempestad y adivinaba en la oscuridad la contracción de sus ojos. Pero nunca se quejó y caminó a mi lado, leal y pacientemente.

La vida siguió siendo dura. Tuve que aprender a medio hablar en su lengua y a adaptarme a unas condiciones de trabajo abusivas y discriminatorias. Para ella tampoco fue fácil. Se dedicaba a limpiar hogares ajenos durante largas horas y luego tenía que lidiar con los quehaceres de la barraca que alquilábamos, en un barrio de latinos rijosos y bullangueros. El hacinamiento, la falta de servicios, el desempleo: todo conspiraba para que se produjeran frecuentes estallidos de ira que nos mantenían en vilo día y noche. Lo mejor era no asomarse mucho a la calle y no trabar relación con extraños.

–¿No te arrepientes de haber dejado tu pueblo? –Le preguntaba a Clotilde cuando se preparaba para dormir y deshacía sus negras trenzas.

–La vida aquí es igual de dura –repuso–. Pero, por lo menos, no hay coyotes.

No, coyotes no, pero hay otras bestias igual de peligrosas. Por sí o por no, en cuanto pude me hice de un rifle de segunda mano. Cuando llegaba a casa lo sacaba de su escondite y me dedicaba a limpiarlo. Sentir la pulida madera de su culata; dejar el cañón metálico reluciente me tranquilizaba.

¿Qué puedo hacer para que seas feliz?

–Darme un hijo –me respondía.– Un hijo tuyo es todo lo que me falta. Con un hijo el tiempo pasa rápido y la soledad no duele.

Pero no quiero pensar en eso. Quiero que venga Cristina y me distraiga, que me haga preguntas absurdas, dictadas por su ingenuidad. Sólo ella me muestra alguna simpatía: a los guardias, a los otros presos no les preocupa mi destino, ni lo que siento.

Aquí llega. Bajo un brazo carga su muñeca; con la otra mano arrastra la sillita azul. Se detiene y gira la cabeza para alcanzar a verme los ojos.

–¡Hola! –me saluda y procede a sentarse. Con cuidado se acomoda el vestido y examina a su muñeca. Luego me pide que le muestre mi canario y le acerco la jaula. Trata de acariciarlo a través de los alambres, pero él permanece acurrucado en un rincón.

–¿Por qué está triste? –pregunta. –Si lo dejaras salir volaría y cantaría de nuevo…

–No lo creo –respondo–, algo terrible le ha de haber pasado allá afuera y ahora aquí, encerrado, sólo espera morir.

Tendida en el piso de su jaula, con los ojos entrecerrados y el pico abierto, el avecilla se ha abandonado a su suerte. La pongo en mi mano y le soplo suavemente. El plumaje amarillo de su pecho se agita por unos segundos, pero no consigo reanimarla.

–Es inútil, digo desanimado.

–Tal vez se ha dormido –dice Cristina–. Tal vez ahora sueña que es libre y canta en el jardín.

Pasamos un momento en silencio. Después:

–Cristina no quería venir a verte hoy –anuncia–. Dice que se aburre aquí porque tú no le haces caso.

–¿Cómo que no le pongo atención? –digo, pero me siento en falta y trato de explicar: –¡Es que yo no sé cómo tratar a una muñeca!

–Una muñeca es como una hija. La tienes que bañar y vestir, y al llevarla a dormir los papás le cuentan un cuento.

–Yo no me sé ningún cuento –alegó.

–Entonces cuéntale algo bonito que te haya pasado…

–¿A mí? A mí nada bonito me ha pasado…

Pero no es cierto. En mi mente empiezan a formarse imágenes de tiempos felices, tan lejanos que ya creía que no existieron. Imágenes de cuando, muy joven, bajé a la feria del pueblo y unos parientes me presentaron a su vecina, Clotilde. Recuerdo que la invité a subir a la rueda de la fortuna y ahí, cerca del cielo, supe que debía tenerla a mi lado para siempre.

Tenerla para siempre… pero ya no la tengo. Los coyotes atacaron de nuevo.

Dicen que uno de mis vecinos dio alojamiento a siete migrantes que habían logrado cruzar la frontera. Dicen que, en complicidad con el pollero, en el desierto atacaron al resto de la caravana, pues venían como veinte en el viaje. Dicen que sólo ellos pudieron regresar. Otros… pues no la hicieron. El caso es que al instalarse en la colonia, se dedicaron a "festejar". Ebrios, quizá drogados, armaban líos casi todas las noches.

No quiero imaginar cómo es que se cruzaron en el camino de Clotilde. Sólo sé que cuando yo regresaba del trabajo, los que estaban en la calle me señalaban al pasar. Con un presentimiento terrible avancé hacia mi casa pero, sin pensar, siguiendo el movimiento de la gente fui a dar al monte, ahí donde termina el pueblo. Tras unos matorrales yacía mi mujer. Las faldas rota y el vientre ensangrentado. Me recordó a mi vaca, destrozada por los coyotes.

Me liberé de los brazos que me sujetaban y corrí a casa a buscar mi rifle. Al primero que intentó detenerme le pegué un balazo. Estaba lleno de rabia y me lancé a las calles buscando a los asesinos pero ¿cómo podría encontrarlos? Entre tanto, la gente trataba de detenerme y venía tras de mí. Como los coyotes. Pero ahora la muerte no me pisaba los talones, ahora corría a mi lado. Yo era el corredor de la muerte.

Corrí en círculos y disparé no sé cuántas veces. Entré en una habitación oscura y oí un ruido a mis espaldas. Me volví, encañoné y disparé por última vez. El tiempo se dilató y por un instante que duró una eternidad vi como la bala, a la que ya no podía detener, se dirigía inexorablemente a mi pequeña, a mi niña, a mi Cristina que estaba sentadita en su silla azul…

Me desplomo con un agudo dolor en el pecho. Los guardias tratan de reanimarme, pero es inútil. Mientras ellos se inclinan sobre mi cuerpo sin vida, yo me levanto y tomo de la mano a Cristina para ir hacia la luz…

Canción de los niños muertos

Con este tiempo, en esta tormenta,
jamás los hubiera dejado salir.
Se los han llevado y no pude decir nada.
Gustav Mahler. Kindertotenlieder.

Cuán negro será el corazón
de quien con mano impía
ata las manos del pequeño
y lo mutila y le corta las piernas
o le saca los ojos
para exponerlo
a que implore piedad
y le gane un salario endemoniado.

Más negra aún el alma de rapiña
del perverso que con manos de seda
desnuda su inocencia
y enfanga su mirada
para saciar la amarga sed
de su lascivia emponzoñada.

Y qué decir de aquéllos, aún más crueles,
que levantan muros de odio
y construyen celdas de infortunio
para separarlos de sus padres
y arrojarlos al infierno
del desamparo y el desamor.

A ti, querida mía, te preservaron del dolor
y la angustia inenarrables:
juntabas flores a la vera del riachuelo
caíste al agua y cual la dulce Ofelia,
visitaste los jardines submarinos
antes de emprender el vuelo
a las altas esferas de la noche.

Gracias Señor, por tu misericordia.
Hoy, cuando mi esposa vuelve a casa,
torno la vista a la altura de sus manos
y no encuentro el azul de su mirada.

Dirás que ahora sus ojos son estrellas.
¡Cuántos niños has acogido en tu morada!

Arturo Garmendia

Índice

EL NIÑO Y LA BESTIA

ARTURO GARMENDIA

Primera edición: 2019

Se utilizaron las tipografías
Stempel Garamond 11/16 en el cuerpo
y sus familias para las cabezas
de texto y Avenir,
para los demás elementos.

Se terminó
en la primavera del 2019
en:

CREÁTICA

EDITORIAL

Por encargo de:

Ediciones
Rehilete

La edición en papel
es bajo demanda y descarga de archivos
para leerse en dispositivos electrónicos.
bernechea@creaticaeditorial.com
bernechea@gmail.com
edicionesrehilete@gmail.com

9 786079 704261